あの冬、なくした恋を探して

いぬじゅん

ポプラ文庫ピュアフル

contents

むかしむかし、あるところに美しい女性がいました。

ある冬の夜のことです。

舞踏会に参加した女性は、伯爵さまに求婚されました。

伯爵さまは美男子でお金持ちでしたが、言葉や振る舞いがあまりに悪かったので彼女は断りました。

あきらめない伯爵さまは、何度も女性に告白をしました。

『君を王女にしてあげるよ』

『私と結婚できることを幸せに思ったほうがいい』

どんな言葉も彼女には届きません。

むしろ、伯爵さまとの距離を遠くしてしまうばかりでした。

ついにある朝、彼女は町を出てしまいます。

本当の愛を探すため、旅に出たのです。

隣の国へたどり着いた女性は、貧しくて見た目もよくないものの、澄んだ水のように心が美しい青年と出逢いました。

身分もお金も、家すらもない青年なのに、彼女は恋に落ちてしまったのです。

追いかけてきた伯爵さまは言いました。

「君にその青年はふさわしくない。私といれば必ず幸せになれるでしょう」

彼女は、貧しい青年の手に自分の手を重ねました。

「伯爵さま、私はやっと本当の愛を見つけたのです」

青年は、彼女のもとにひざまずきます。

「僕はきっとあなたを幸せにします。どうか結婚してください」

「はい、よろこんでお受けします」


青年が連れていってくれたのはその国のお城でした。

驚く彼女に青年は言います。

「実は、僕はこの国の王子なんだ」

ふたりは永遠の愛を誓い、末永く幸せに暮らしました。

おしまい

第一章

ハロウィンの怪人

Episode 1

いつもの居酒屋、いつもの四人席に座っているのは私を含めいつもの三人。

なつかしのヒットソングが流れる店内は、休日前とあってかにぎわっていた。

「やっぱりさ、このおとぎ話は最高だよね」

唇に人差し指を当て悦に入っているのは、東涼香《ひがしりょうか》。酔いがまわるとお気に入りのおとぎ話を空で朗読してくるのもいつものこと。

仕事帰りというのに涼香はしっかりメイクで、艶のあるふんわりパーマ。細身の体に、秋らしいベイクドカラーのトップスとチェックのボトムスがよく似合っている。

「玲菜《れな》、あたしたちも早く王子様を見つけなくちゃね」

赤いリップの唇でほほ笑む涼香に、私は曖昧にうなずく。

「なによ、全然興味なさそうじゃない」

「そんなことないよ」

中ジョッキを片手に店内を見回すと、店主の息子である健《けん》ちゃんと目が合った。軽くジョッキを持ち上げてお代わりの合図をすると、彼は指先でＯＫマークを作ってくれた。

健ちゃんも、この店を手伝い出したころは高校生だったのに、今じゃすっかり店長候補といった感じ。ユニフォーム代わりの甚平もサマになっている。そりゃそうか、この店に通いはじめてもう八年になるのだから。

「涼香ちゃんのいちばん好きな物語だもんね。私は好きだよ」

左に座っている吉田素子《よしだもとこ》が感慨深げにうなずきながら、この店随一の名物である〈チキン南蛮〉に箸を伸ばしている。ちなみに素子だけで、すでに二皿めだ。

素子とは高校のときからの仲で、専門学校と就職先も同じ。昔から食べることが大好きだったけれど、二十八歳になった今、より食欲が増している印象。丸いフォルムを気にする様子もなく、恋愛に興味がない点で私と気が合っている。

ちなみに素子の私服はいつもセーターやゴムのスカートなど、体を締めつけないジャンルで統一されている。

一方、目の前に座っている涼香は、歳がひとつ上の二十九歳。同じ職場の同期だが、美意識は私の何倍もある。給料はほとんどエステと洋服に消えているそうだ。

同じ有料老人ホームという福祉施設に勤務している私たちは、同期ということもあり昔から仲がよかった。週末はこの居酒屋でその週にあったことを報告し合うのが定例となっている。

といっても、職種は全然違う私たち。

素子は事務職員、涼香はフロアの看護師をしている。私は生活相談員として入社したものの、この夏からエリア統括という役職になった。これまでの職場以外にも、市内にある五カ所の施設を巡回している。社用車で巡回するため、夏場は体の右側の日焼けに悩んだけれどもう十月。少しずつ日差しもやわらかくなってきている。

「早くみんなに恋人ができるといいよね、特に玲菜はね」

涼香がグイと顔を近づけてきた。

「なんで私なのよ。恋人なんて必要ないっていつも言ってるでしょ」

「今はそうかもしれないけどさ、どこかに王子様は絶対にいるんだから」

「出た、涼香のメルヘンチック妄想」

あはは、と笑う私に涼香はムッとした表情になる。さすがオシャレに気を抜かない涼香、すねた顔をしてもキレイだ。

「おとぎ話をバカにしないでよね」

「おとぎ話なんてツッコミどころ満載でしょ」

健ちゃんから新しいビールを受け取りながら言うと、ますます涼香はチークののった頬を膨らませる。

「おとぎ話は、誰が聞いても完璧な物語だからこそ語り継がれているんじゃない。健ちゃん、あたしシロップなしモヒート。ライム多めね」

「はいよ」

いつもの話だと察したのだろう。苦笑している健ちゃんと目が合ったので、一瞬だけ苦い顔を作ってみせた。酔っぱらうとおとぎ話について熱く語るのは周知の事実だ。

「だいたい玲菜には夢がないのよ。おとぎ話を信じるくらいの純粋さって、いくつになっても必要なんだからね。なんでそんなに否定するのか、理由を教えてよ」

ああん？　と片眉をひそめる涼香は本気でこんな夢物語を信じているようだ。

ビールを胃に流し、ふうと息をつくと私は背筋を伸ばした。おとぎ話を信じない理由なんていくらでもある。

「ひとつ」と指を立ててみせる。

「そもそも主人公が容姿端麗じゃないと成立しない。ふたつ、そんなに幸せになりたいなら伯爵さまでも十分じゃない。わざわざ旅に出る理由がわからない。結局、この物語の主人公は高望みしている、ってことで共感できません」

おとぎ話は主人公に都合がいいように作られていて、けしてバッドエンドにはならないのだ。

けれど涼香は憐れみを含んだ瞳をして大きく首を横に振る。酔ったときの涼香はいつだって舞台女優みたいに大げさになってしまう。

「容姿なんて努力次第でいくらでも変われるの。あたしだって必死でダイエットしているんだから。それにタイプとか相性って、すっごく大事だと思わない？　この物語の主人公は本当の愛を探すため旅にまで出たのよ。そして苦労の末、ついに運命の人に出逢ったのよ！」

両手を大きく広げて熱弁する涼香のうしろでは、場にそぐわない懐かしのヒットソングがほそぼそと流れている。

「それこそが三つめのツッコミ。偶然出逢った相手が本当に愛すべき人だったなんてありえないよ。一瞬で恋に落ちるような相手は、一瞬で冷めるに決まっている。バカンスに訪れた旅先で恋に落ちるようなもので、熱病ってイメージ。そもそも愛なんて目に見えないものだし、本物かどうかなんて主観的すぎて説得力ないよ」

「ぐ……」

テーブルの上に置いた両手で握り拳を作る涼香にさらに追い打ちをかけることにする。

「それに、貧しい青年と愛を誓い合うなんてありえない。きっと伯爵さまの愛から逃れるために無理矢理好きになったんだよ。なにより最大の問題点は、貧しい青年が実は王子様だったなんてオチ。こんなこと実際にありえる？」

私も酔っているのかもしれない。少し言いすぎたかと口を閉じると、涼香は「なんでよ」とじとっとした顔をしている。

「主人公のひたむきな努力が報われるラストは、全女子のあこがれじゃない。玲菜だってそういう人が現れたらきっとわかるわよ」

「自分だってまだ出逢えてないくせに」

言い返す私に涼香は肩をすくめた。ふわりと髪がやわらかく揺れる。

「仕方ないじゃない。あたしがおつき合いした人は、みんな王子様じゃなかったんだから。本当の愛に出逢ったらすぐに結婚するわよ」

「三人でこれまで何人の結婚式に出席したか覚えている？　結婚式ではみんな涙を流して、その『本当の愛』とやらを誓ってたけどさ、結局、みっちゃんや葉子《ようこ》ちゃんは離婚したよね？」

「それは……」

「浅原《あさはら》先輩もそうだし、そうそう、ウワサなんだけど今泉《いまいずみ》課長もね――」

「だー、わかったわかった！」

右手を大げさに左右に振った涼香は、「なによもう……」と唇を尖らせた。

涼香は正直モテるし、彼氏の数だって知っているだけでも片手では収まらない。それなのに長続きしたためしがなく、同じ数の別れを経験している。

理由は明白で、彼女の貞操観念が強すぎるからだ。たとえ彼氏ができたとしても相手とベッドインすることは絶対にない。

それでも涼香は、『結婚するまでは絶対に嫌。バージンロードをバージンで歩くって決めているの』とフラれるたびに口にしている。

男性に対し、受け入れるための門は大きく開いていても、玄関のドアには何重も施錠がされているのだ。男性陣はなんとか家の中に入ろうと努力するが、決してカギは見つからない。やがてみんな涼香のもとから去って行く、という流れ。

冷えたトマトを口に放りこんでからビールで流しこむ。

「おとぎ話は結局、主人公も都合よく作られた創作話。涼香、私たちは現実に生きていて、こうして安い居酒屋でお酒を飲んでいるの」

「安い居酒屋で悪かったな」

涼香の定番であるカロリー減のモヒートを手渡しながら健ちゃんが言った。地元の消防団員も務めている健ちゃんは、秋だというのに真っ黒な肌だ。日焼けを気にしないでいられるなんて若いんだな……って三つしか歳は違わないのに。

「そういう意味じゃないって。安い、は最大の褒め言葉なんだからね。いつもありがと」

「はいはい」

「信じてないでしょう？　私にとっていちばん幸せなのは、ここで飲んでいる時間なんだから」

「健ちゃん健ちゃん。ほら、店長がにらんでるよ」

　素子の声に厨房を見ると、店長である健ちゃんのお父さんが苦虫を噛《か》みつぶしたような顔をしていた。おどけた顔を残し健ちゃんが厨房に戻って行く。見送ってから視線を涼香に戻すと、涼香は私に顔を近づけてくる。

「そりゃあ、あたしだってふたりに会って飲むのは楽しいよ。でも、このままでいいわけないじゃない。玲菜や素子は二十八歳。あたしなんて二十九歳。いろんなことにリーチがかかっているわけよ」

「リーチ？　結婚って年齢制限があったっけ？」

　おどけてみせるが涼香は赤らんだ目を逸らさない。

「そういう意味じゃないわよ。でも、結婚はしたいじゃない。本当の愛に出逢いたくないの？」

　返事に困っていると、素子が箸をようやく置いた。

「涼香ちゃんの言うこと、ちょっとわかる。私はご飯をおいしそうに食べる人に出逢いたい」

「素子に聞いてるんじゃないの。今は玲菜の幸せについて話しているんだから」

　ぷうと膨れた素子はコーラを飲み干すと、今度は焼き鳥の盛り合わせを皿ごと手元に置いて食べ始めた。ボブカットにした髪は、高校生のころから素子のトレードマークだ。昔から全く歳をとっていないような気がするし、いつもなにかを食べている記憶しかない。

「こら、ちゃんと話を聞いてよ」

ギロッとにらんでくる涼香に意識を戻すと、涼香はグイッと何杯目かのモヒートをあおった。今日はいささか飲みすぎている。

「聞いているって」

「結婚とまではいかなくても、せめて恋人くらいほしいじゃない。あたしはそれなりに恋人はいたからマシなほう。でも玲菜の浮いた話は皆無。ゼロよ、ゼロ」

なんだか説教モードに入ってしまったようだ。

「私は今のままで幸せだよ。そもそも結婚に幸せを求めてないの。『信じるなら愛よりもお金』、って何回も言ってるでしょう」

具体的に言うならば、積立貯金と生命保険。ちなみに株や投資信託には興味がない。あくまで元金保証されているものが好みだ。もちろん、この先日本円の価値がどうなるかわからないから、元金の価値自体も上下するのだろうが、ハイリスクハイリターンは主義に合わない。

お金と目の前にいる友達は、将来の私をきっと助けてくれるだろうと信じている。なんといっても、老後には何千万円ものお金が必要になるとニュースでも言っていたくらいだから。

そんな私に涼香はため息をついた。

「お金が大事なのはわかるけど、少しくらいはオシャレしなさいよ。いつも同じ服ばっかり着ているし、ほとんどメイクもしてないじゃない」

「職場ではスーツを着ているでしょ。退社してからも同じ格好なんて息が詰まるよ」

言い訳をしながら自分の格好に目を移す。この黒いパーカーを買ったのがいつのことか思い出せないことはたしか。

「スーツのままのほうがまだマシ。なんでいちいち普段着に着替えちゃうのよ。そのひとつに結んだ髪もやめなさいよ」

「スーツのまま飲むなんて仕事のつき合いみたいじゃない。友達と飲むときくらいは好きな格好させてよ。それにこの髪形は、家にいるときも同じだもん」

言い訳だな、と自分でも思う。でも、着飾ることに抵抗があるのはたしか。涼香は「もう」と鼻息を荒くした。

「どこに運命の出逢いが落ちているかわからないじゃない」

捨て猫かよ、と思ったけれど言葉にはしないでおこう。そんなことを言ったら、涼香はさらに熱弁を振るってくるだろうから。

それにしてもこの三人の関係も、ずいぶん年数を重ねている。入社したてで右も左もわからなかった私たちが仲良くなったのは自然なことだった。それでも、価値観や考えかたがこうも違うのに、これだけ長く続いているのにには感謝しなくちゃね。

涼香の恋愛観にはつい反発ばかりしてしまうけれど、なんでも思ったことを口にできる関係はありがたい。

「身なりに気を遣わないのは、素子にも言えることね」

涼香はさらりとそう言って、焼き鳥の串を右と左、両方の手に一本ずつ持っている素子にターゲットを移した。

「ええ、私は関係ないって言ってたくせに」

「玲菜が服装やメイクに気を遣わない責任は素子にもあるの。ほら、こぼしてるよ」

バッグからウェットティッシュを出して手渡す。素子の着ている紺色のセーターにタルタルソースの黄色が目立っていた。

素子は汚れを取りながらシュンとしている。なんだか最近の涼香はお母さんっぽい。

モヒートを口にしてから涼香は、

「まあ今日はいいけれど、明日はそんな格好で来ないでよ」

と私たちをギロッとにらんだ。

「え、明日？」

きょとんとする私と違い、

「明日の土曜日はちゃんと気合い入れて行くからね」

と、素子は素直にうなずいている。赤い唇でニッと笑った涼香に首をかしげる。

「なんの話？　明日の土曜日になんかあったっけ？」

「ウソ、忘れちゃったの？　婚活パーティにみんなで参加するって約束したじゃん」

目を丸くする涼香に、「あっ」と思い出す。そんなことをずいぶん前に言っていたような……。

「忘れてないよ。でもその日ね、実は急用が――」

「ダメ。そうやってすぐ逃げる。今回のバイト代はもう支払っているんだからキャンセルは受けつけられません」

「え、バイト代？」

そんなものもらった記憶はなかった。そんな私の腕に涼香は細い腕を絡ませて呆れた顔になった。

「前回のここの会計、あたしが出したのを忘れたとは言わせないよ」

先週の飲み代を珍しくおごってくれたのはそういうわけか。あのときはそんなこと言わずに『臨時収入があったから』って言っていたくせに……。

「たしか、『参加者が増えたら参加しなくてもいいから』って言ってたよね？　あれから申しこみは増えてないの？」

「残念ながら参加は決定しました」

聞く耳を持たない涼香にガックリと肩を落とす。こういうときに頼りになるのは昔からのつき合いの素子だけ。まだウェットティッシュで染みと格闘している素子に助けを求める。

「全然行きたくないんですけど……。ね、素子？」

私と同じで素子もそういう場所は苦手なはず。しかし素子は、ふにゃっと笑みを浮かべる。

「私は行ってもいいよ。ご飯も豪華で、しかも食べ放題なんだって。実はもう何回か行ってるんだよね」

……裏切り者め。涼香を上目遣いで見るけれど、してやったりの笑みを浮かべている。

「絶対に行かなくちゃダメなの？」

「どうしてそんなに婚活パーティを毛嫌いするのよ。女性は料金だって安いし、気軽に参加すればいいじゃない」

そりゃあ涼香はいいよ。彼氏がいないときは、毎週のように婚活パーティに参加していて慣れているから。でもそういう世界とは無縁の私にとって、参加するには相当な勇気が必要なわけで。

「せっかくの土曜日なのに時間がもったいないよ。『時は金なり』。これも私のテーマなの」

絶対に時間の無駄なのは目に見えている。そもそも、私は彼氏なんてほしいと思っていないのだから。けれど涼香は無下に首を横に振る。

「あたしたちの職場に出逢いは皆無。特に玲菜は最近忙しくてそれどころじゃないでしょ。こういうのを利用しなくちゃ」

「そんな気に……なれないよ」

冗談めかして言うつもりが、つい重い口調になってしまった。ごまかすようにビールを飲めば、苦さがやたら喉に引っかかった。変な沈黙に、店内のBGMが耳にざらりと響く。

「ねぇ、玲菜さ……まあいいや」

涼香はサラダを自分の小皿に取り分けた。

「途中まで言いかけてやめるのはナシ。言いたいことあるならちゃんと言って」

場の重さをふり払うように言えば、涼香はトングを持つ手をピタリと止めた。そしてサラダの緑の葉を見ながら迷ったように口を開いた。

「あのさ……前から聞きたかったんだけど、昔つき合っていた彼のこと……まだ忘れてないの？」

「なによそれ」

我ながら明るく言えたと思う。涼香がその話をしてくるのは久しぶりだった。

「名前なんだっけ？　たしか、剣崎《けんざき》……」

「剣崎翔《しょう》くん、だよ」

裏切り者の素子があとを継ぐ。余計なことを言わずに流してくれればいいのに、とにらんでやる。

「やめてよ。いつの話をしてるのよ」

「でも、彼氏がほしくない理由ってそれしかないじゃない」

食い下がる涼香に手の平をヒラヒラ振ってみせた。

「高校生のときの話だよ。いくらなんでもそれはないって」

あははと笑えば、ようやく涼香は納得したように体を椅子にもたせかけた。

「そうだよね。さすがにないか」

「ないない」

チクリと痛む胸に気づかないフリでビールを飲み干せば、残る泡がグラスの内側をゆっくりと落ちていく。

剣崎翔……その名前を久しぶりに耳にしたことで動揺しているのはたしかなこと。耳に届く悲しい曲があのころの私を思い出させるようで、鼓動が騒がしい。

「健ちゃん、ビール！」

音楽に負けないように注文してから、

「そういえばさ、施設長のウワサ聞いた？」

違う話題を提供すると、ふたりは興味深そうに顔を近づけてくる。

私は今、うまく笑えているのかな？

有料老人ホームとは、介護保険上において〈特定施設入居者生活介護〉と呼ばれている施設のこと。私の在籍している法人は、そのなかでも〈介護付き有料老人ホーム〉を経営の基盤としている。

二十四時間介護スタッフが常駐し、掃除や洗濯など身の回りの世話から食事、排せつなどの介助をする施設。入居費用は高いものの、ボランティアの訪問や外出イベントも多く、食事も毎食手作りで提供している。

もともとは市の中区にある七十人が暮らす施設で働いていた私。エリア統括になったこの夏からは、市内五カ所の施設を担当している。

昇進してから気づいたのは、視点を変えて仕事をしなくてはならないということ。これまでは入居している高齢者のことだけを考えていればよかったのに、今では施設それぞれに与えられた予算や売り上げの数字ばかりを追う日々。

今日も、いちばん売り上げの低い北区にある施設に朝一でやって来た。

『忙しい』と逃げる施設長と事務長を捕まえられたのが昼を過ぎたころ。ようやく、一階にある相談室でふたりを相手に数字の説明をしている。

「ですから、入居率が低迷している原因を分析してほしいのです」

私の言葉に、初老の施設長は不快な顔を隠そうともしない。なかなか満床にならないことを不甲斐なく思っているのは、施設長本人であることはわかっている。

「知らんよ。まだ開設して一年だろ。そんな簡単に入居者は来ないと報告しただろう」

怒りをにじませている施設長の名は北林《きたばやし》という。私が入社したときは他県にある施設にいたことは知っている。在籍して三十年という彼から見れば、私なんて子供同然なのだろう。実際に親子ほど歳も離れている。

「たしかにそうですが、予定よりかなり低い入居率が続いています。同時期にオープンした神奈川県の施設の半分程度との結果も出ているんです」

予算と実績を記してある用紙の赤色部分を示すと、北林施設長は露骨に舌打ちした。

「だからなんだって言うんだ。神奈川県とここでは、そもそも人口が違うし、ここは中心部からもずいぶん離れた北区だ。だから私はこの場所に建てることを反対したんだ」

そう来ると思っていた。

「人口の違いを考慮した予算になっています。特に、今年度は前年度の計画よりも低い入居率にしています。それに高齢化率だけを見ますと、この地区のほうが五パーセントも高いんですよ？」

「そんなことは君に言われなくてもわかっている」

ふんぞり返る北林施設長にも私は丁寧にうなずく。感情論よりも事実を伝えるのが私の仕事だから。

隣にいる山本《やまもと》事務長を見ると、彼はニコニコと愛想笑いをしている。

「施設長も一生懸命努力されているんですよ」

彼が北林施設長をかばいたい気持ちはわかるが、それだけでは経営はうまくいかない。

「集客のための企画はありますか？　これまでのものだけでなく、今後の企画も教えてください」

「それは……」

言葉に詰まる山本事務長。その理由は明確。この施設はイベント嫌いなのか敬老会くらいしか力を入れていない。

町内会館でもらったチラシをテーブルに置くと、山本事務長は眉をひそめて覗き見た。

「ハロウィンパーティを町内会でやるそうです。今からの参加は厳しいかもしれませんが、せめて、子供たちがここに顔を出せばお菓子を配るとかのイベントをやるのはどうですか？　あとはクリスマスに向けてイベントを企画するとか――」

「くだらん」

四文字で否定する北林施設長と目が合う。挑むような視線を感じながら私は首をかしげた。

「くだらん、とはどういう意味ですか？」

「子供相手に菓子を配ってどうなるんだ。この施設に入居するのは高齢者であって子供ではない。君はそんなこともわからないのかね」

「そうですよねぇ」

山本事務長がこれ幸いとうなずくのを見て、私はテーブルに広げた資料をまとめた。これ以上話をしてもキリがないだろう。

「北林施設長、山本事務長」

名前を呼んでから私は姿勢を正した。

「有料老人ホームはたしかに高齢のかたが住む場所です。しかし、現在は〈地域包括ケア〉が推進されており、住み慣れた地域でその人らしく暮らしていただくことが高齢社会の目標となっております」

すう、と息を吸ってから私は続ける。

「ここの入居者様も、元々はこの町に長年住まれていたかたが多いと聞きます。皆様に地域との関わりを持っていただくことも、私たちの使命ではないでしょうか？　また、この施設を地域の住民の皆様に知っていただくことも大切なことです」

カバンに資料を戻す間、目の前のふたりはなにも言ってこなかった。

「ごちそうさまでした」

事務員が出してくれたお茶を飲み、お礼を言ってから立ち上がる。

「来月までに具体的な集客のための取り組み計画をまとめてください。それを十二月の本社会議にて発表していただき精査することになります」

「は？」

顔色を変えた北林施設長を横目で見ながらドアの前へ移動する。

「お時間をいただきありがとうございます。お疲れ様でした」

頭を下げて部屋を出ると、そのまま玄関に向かった。

靴を履き替えて外に出ようとしたとき、

「待ってください」

山本事務長が小走りにやってきた。

「あの、今の話ですが……本当のことですか？」

「本社会議のことは昨日決定しました。予算未達の施設長が本社に集められます」

「それじゃあ、北林施設長や私の……」

彼はよほど気が弱いのだろう。最後まで言葉にできず、だけど愛想笑いはまだべっとりと顔に貼りついたままだ。

ふう、と私は息を吐いた。

「最悪、解任となることもあります。そうならないよう、企画をきちんと考えてください」

ショックを受けているのだろう、呆然としている山本事務長に会釈をして車に戻った。うしろの座席に荷物を置き、運転席に座ると漏れそうになるため息を呑みこんだ。

――まだ早い。施設の敷地を出るまではしっかりしなくちゃ……。

アクセルを踏めば、ハイブリッド車特有のかすかな電子音がうねり、車は進んでいく。門を出て先にある赤信号でブレーキを踏むと、ようやく疲れをため息にして吐き出す。

この数カ月の間こんなことばっかり言って回っている。自分よりも年上の施設長に売り上げを伸ばすためのアドバイスをし、予算管理をする仕事だとは知っていた。それでも露骨にいやそうな顔や態度を毎日見せられるのは正直つらい。

実際、会社が見ているのは各々の施設の数字だけ。会社は事業のさらなる拡大を目標に掲げているし、そのためにはたとえ満床の施設であっても予約待機者を増やすよう指示してくる。

一方、現場では職員不足にあえぎ、派遣社員を雇って運営している施設さえある。派遣に頼ることで人件費は高くなり、さらに少ない人数で運営をするしかなくなる。

その問題点については本社に報告はしているが、現場サイドで起きている問題なんて彼らにとっては遠い世界の話であり、諸々の問題解決は施設長に一任されてしまっている。

会社が大きくなればなるほど、現場との温度差は広がるばかり。本社は理想の数値を掲げ、現場はそれを机上の空論だと否定する。その中間にいるのが私の職種ということなのだろう。

「それにしても、あんな顔しなくてもいいのに」

仕事の愚痴をつぶやけるのは、この車の中だけ。涼香や素子にも言わないようにしている。公私混同をしたくないというよりも、愚痴ることで仕事のモヤモヤを思い出したくないから。

ハンドルを切りながら、何度目かのため息をつく。

どの施設長に会うときも、感情を出さないようにビジネスライクに対応してきた。こんな年下に意見されたくないだろうし、ましてや褒められたくもないだろう。あくまで仕事として関わってきたつもりだ。

なのに、受け入れてもらえていない実感は日毎に強くなってきている。

どちらにしても企画書は提出してもらわなくてはならないから、明日も顔を出さなくてはならない。

駅前に差し掛かると、ハロウィンの飾りつけがはじまっていた。駅ビルにも大きな垂れ幕が飾られていて、三十一日はにぎやかになるだろう。

この町でハロウィンがイベントとしておこなわれるようになったのは、私が高校二年生くらいのときだったと思う。

当時の私たちはカボチャの形をした帽子をかぶるくらいの仮装だったけれど、いつもと違う町の雰囲気は楽しかった。

――私たち？

カボチャの帽子を私にかぶせると、彼は目をカーブさせてにっこりと笑った。やさしい目をした彼のことが私は大好きだった。彼……そう、彼の名前は……翔、だ。

「最悪……」

ずっと思い出さないようにしていたのに、涼香が話題にしたせいで思い出す頻度がここのところ増えている。

町の景色に過去の幻影が重なり、世界を暗く濁らせる。

ふり切るようにアクセルを踏めば、思い出もどこかへ飛んで行く気がした。

元々私がいた中区にある施設は、駅前から少しはずれた場所にある。

五階建ての施設には、計七十名の入居者が暮らしている。さっきまでいた北区の施設と違い、毎日のようにイベントや習い事が開催されていて、それは私がいたときから変わらない。ちなみに現在は満床で、予約待機者も十名いる。

表の自動ドアから中に入ると、ホテルのロビーのような吹き抜けが迎えてくれる。右にある受付の奥にあるのが事務室だ。職員用のドアから入ると、素子の姿はなかった。予定表を見ると、ちょうど今、見学者が来ていてその対応をしているらしい。

手前にあるデスクに座り、カバンからノートパソコンを取り出す。ここで、その日の報告書をまとめるのが毎日の日課。小さな画面と向き合っていると、見学の対応をし終わったらしく素子が戻ってきた。

「河島《かわしま》さんお疲れ様です」

丁寧に頭を下げる素子に、

「お疲れ様です」

私も同じように腰を折って挨拶を返す。福祉施設でも最近はサービス・クオリティが求められており、この数年は職員間の接遇にも厳しくなった。特にエリアを見ている私は、働いているスタッフの見本にならないといけないので気が抜けない。

カウンターの内側にある椅子に素子が腰をおろすと、ギイと悲鳴のような音が鳴った。一瞬視線を合わせてから、自然に手元のキーボードに戻す。

どうやらやはり太ったらしい。

思わずこぼれそうになる笑みをこらえ仕事に集中していると、

「河島さん、お帰りなさい」

施設長である村上《むらかみ》が入ってきた。

「お疲れ様です。少し遅くなってしまいました」

「いやいや、大変でしたねぇ」

今年五十九歳になるという彼は、私が入社した八年前からこの施設の長を務めている。小柄で白髪、人当たりもよいのでスタッフから慕われているし、実際に私も村上施設長がいたから楽しくやってこられたと思っている。

「村上施設長、またユニフォームなんですね」

介護スタッフが着用する上下茶色のユニフォームを村上施設長は愛用している。他施設の長がスーツなのに対し、彼はいつでもこの格好だ。

「ああ、すぐに着替えますよ。イベントのお手伝いをしていたものでして」

目じりのシワを深くして笑う村上施設長は、左奥にある自分のデスクにちょこんと座った。

パソコンに目を落とし、次の文章を考える。あの郊外の施設へのアプローチをこれからどうするべきか……。

「なにかありましたか?」

ふいに声をかけられ、

「え?」

と横を見ると、村上施設長は困ったような顔をしていた。

「なんだか疲れた顔をされているので……。いや、余計なことでしたね。すみません」

長年上司だった村上施設長は、ちょっとした変化も見逃さずにスタッフに声をかけることで有名だ。気づかぬうちに私も疲れた顔を見せてしまっていたのだろう。

北林施設長のことを愚痴ることができれば、どんなにラクだろう。だけど……これは私の問題だ。

「大丈夫ですよ」

笑みを村上施設長に返すと、軽くうなずいている。

「仕事には慣れましたか？」

「いえ、まだまだですが……がんばります」

そう言う私に村上施設長は、しばらく黙ったあとこう言った。

「もっと気楽に仕事をされたほうがいいですよ」

「そうですね」

――それができるのなら、どんなにいいだろう。

自分で受けた役職でありながら、これまでとは違うむなしさがいつも胸にある。

少し、息苦しい。

酸素を求めて天井を見れば、そこにはまた翔の思い出が顔を覗かせている。軽く首を振ると、私はパソコンの画面に意識を戻す。

十月三十一日、土曜日。

夕暮れ近い町は、仮装をした若者であふれかえっていた。ハロウィンといえば簡単な仮装をするものだと思っていたけれど、最近はゾンビのメイクが流行っているらしく、ペイントメイクを顔に施した人をたくさん見かけた。

他にも気の早いサンタの格好や、アニメのキャラクターらしき服装の人たちが行き交っていて、まるで異次元に迷いこんだみたい。この町にこんなに人がいたのかと驚いてしまう。

待ち合わせ場所であるステーションホテル前にも、仮装軍団がたむろって騒いでいた。涼香や素子の姿を捜すけれど見当たらない。

……いや、いた。

「ちょっと、その格好なに？」

思わず声をかけたのは、涼香がナース服を身につけていたからだ。職場の白色のナース服ではなく、サーモンピンクのミニスカートでなぜか首に聴診器をかけている。隣の素子は、茶色のオーバーオールに豚鼻とつけ髭《ひげ》をたくわえてニコニコしているではないか。

「玲菜こそなんでスーツなのよ。今日の婚活パーティのテーマは『ハロウィン』だから仮装して来るように、って説明したじゃん」

「聞いてないって」

「言いましたー。てか、髪もまた縛って。しょうがない、これ貸してあげるからつけて」

いつもより数倍濃いメイクの涼香がバッグから差し出してきたもの、それはカチューシャに大きな猫耳が装着されているもの。

「え……マジ?」

「マジだって。ほら、早く受付しなくちゃ」

涼香に促され歩きながら猫耳をつけてみる。エレベーターに乗りこむと、間抜けな格好の自分がエレベーターの鏡に映っていた。

なんて似合わないのだろう。

「やっぱりこれ、いい」

「どうしてよ。コスプレしないと入れないのよ」

エレベーターが上昇する浮遊感のなか、カボチャの帽子をまた思い出しそうになる。

ドアが開くと同時に過去の映像をふり切り、私はバッグに入れている黒縁メガネをかけた。ブルーライトカットのメガネだ。

「これでいいでしょ。銀行員のコスプレってことで」

素子が、

「ふふ。玲菜ちゃんらしいね」

と豚鼻を揺らして笑うのを見て、涼香も渋々納得したらしい。

三人で歩き出すと、すぐに『ハロウィン婚活パーティ』の看板が目に入った。

白の布がかけられた長テーブルの傍に、綺麗な女性が立っていた。どうやら受付らしい。涼香は慣れた様子で私たちの名前を言うとなぜか運転免許証を女性に見せている。本人確認が必要らしい。いそいそと素子も財布から免許証を取り出したのでそれにならう。

中に入ると、そこはまさしく結婚式の二次会のような場所だった。明るい照明にピアノのBGMがちょうどよい音量で流れている。真ん中のコーナーには、食事や飲み物がいくつも並んでいた。

二次会の会場と違うのは、二人掛けのテーブルと椅子が等間隔で並んでいること。フードコーナーを取り囲むように配置されたテーブルにはまばらに人が座っている。

「ここからは別行動だからね」

さらりと言ってのける涼香に私は目を丸くする。

「嘘でしょう？　私、ひとりじゃ無理だよ。途中で帰っちゃうかも」

「八時までに帰るとルール違反になって追加料金かかっちゃうからね」

「聞いてないし。ね、どうしよう」

素子に助けを求めるが、彼女の視線はすでにフードコーナーにロックオンされている。

「もう食べていいの？」

「ダメ」

にべもなくそう言う涼香。

「とりあえず、その名札を胸につけて。あたしは十五番、素子は九番ね。玲菜は？」

さっき受付でもらったプラスチック製の名札を見る。

「……一番」

なんで一番なのよ、とこんなことにも文句を言いたくなる。

「ほらテーブルに番号があるでしょう。そこに座って、置いてあるプロフィールカードに自分のことを書くの。あとは司会者に従えば大丈夫だから。素子、食事はまだダメだからね。今は飲み物だけ」

「ええっ。聞いてないよ！　この間はすぐに食べられたじゃん」

「今回は違うの。途中でフリータイムがあるから、それまでは我慢。いつも食事は山ほど残るから、好きなだけ食べられるよ」

「……わかった」

渋々うなずく素子。

「じゃあ解散」

そう宣言した涼香がさっそうとフロアに足を踏み出せば、何人かの男性が目で追っているのがわかった。やはりピンクのナース服は目立つのだろう。

「がんばろうね、玲菜ちゃん」

素子も自分の番号が記されているテーブルへ行ってしまう。

端っこのテーブルの上に①と書かれている。急ぎ足でそこへ向かい、フードコーナーを背にして座る。

隣に腰かけている男性がビクッとするのがわかった。気づかないフリをしてテーブルに置かれているA４サイズの紙を眺めた。青色で縁取りがされていて、名前や趣味などを書くようになっている。これがプロフィールカードなのだろう。

「あの……」

はじめは自分に声をかけられているとは思いもしなかった。置いてあるボールペンを手にする私に、

「あの、そこ違いますよ」

気弱な声がまた聞こえた。見ると、隣の男性が私の向かい側の席を指さしている。

「女性は……そちら側の席です」

「え？」

見渡すとたしかに涼香や素子は壁際の席に座っている。テーブルに置かれているカードも、向かい側の席のものはピンクの縁取りがしてあった。

「あ……すみません」

あわてて座り直すと、改めて男性に頭を下げた。

「ありがとうございます。はじめてでよくわからなくって……」

わからないことはこの人に聞くようにしよう、と思いながらにこやかに言うが、

「いえ」

男性はもう目を伏せて自分のカードの記入に戻っていた。細身の男性は三十代前半くらいだろうか。デニムのオーバーオールに赤シャツ、赤い帽子で、私でも知っているゲームキャラクターの仮装だろう。

「この用紙に記入するのですね？」

「……はあ」

「ボールペンとシャープペンシル、どちらで書けばいいのでしょうか？」

「それは……どっちでも」

急にそっけなくなった印象。バッグを置き、カードに書かれている内容を確認する。

〈名前（ニックネーム）〉〈年齢〉〈職業〉〈趣味〉にはじまり、〈特技〉〈資格〉なんて欄もある。

……まるで、履歴書みたい。

これを相手に見せて自己紹介をするのだろう。下のほうには〈同居　可・不可〉〈結婚歴　有・無〉があり、似顔絵を描くスペースまで設けられている。

ひとつずつ空欄を埋めていくうちに、会場のテーブルも埋まってきた。

私の前の席には、筋骨隆々のプロレスラーみたいな大男が座った。

「こんにちは」

挨拶をすると、男性は細い目で私を見てから「どうも」と聞こえるか聞こえないかくらいの小声で答えた。

彼は茶色い上下に豚鼻と丸メガネ。素子と同じコスプレだ……。思わず笑いそうになる私に構わず、男性は大きな体で書きにくそうにカードを埋めていく。

見渡せば、男性はフランケンシュタインなどの黒系の仮装、女性は華やかなシンデレラのような仮装が多かった。急に自分の地味な格好が恥ずかしくなってくる。

でも、猫耳をつけるのは絶対に嫌だ。

ホテルマンらしき男性がウーロン茶の入ったグラスを運んでくる。彼らは私たちのことをどう思っているのだろう……。営業スマイルとは裏腹に、婚活パーティにいそしむ客を内心ではバカにしているのだろうか。

いたたまれなくなっていると、蝶ネクタイをつけた司会者らしき人がマイクを手に現れた。ジャズピアノのＢＧＭがさりげなく小さくなる。

「みなさん、こんばんは。ハロウィン婚活パーティへようこそ！」

やたら明るい口調の司会者はテキパキと今日のスケジュールを説明し出す。どうやらこれからお互いに自己紹介をするらしい。時間は三分。その後、男性だけが時計回りに席を移動するらしい。

二十人くらいの男性に同じ人数の女性がいるので、自己紹介だけで一時間かかる計算になる。

初対面の人となにを話せばいいのだろう。手元のプロフィールカードはまだ半分も埋められていない。ペンを手に焦りながら前の席の男性のカードをチラッと見ると、名前と年齢以外空白になっている。隣のテーブルをのぞき見れば、こちらはふたりともしっかりと書いてある様子。

……私は平均ってことでいいのかな。

「それでは自己紹介タイム、スタート！」

司会者の合図に我に返ると、みんな自己紹介をはじめている。最初は小さく、やがてBGMをかき消すほどの大きさの声に成長していく。

目の前の男性がカードを渡してくるので、自分のも差し出す。

青色で縁どられたカードを見るが、やはり埋まっている項目は少ない。

〈名前　落石学《おちいしまなぶ》〉〈年齢　三十二歳〉、あとはずいぶん下の〈趣味〉の項目に〈食べること〉と書いてあるだけ。

女性用のカードとは違い、男性には〈年収〉や〈役職〉の欄が設けてあった。落石の欄は空白になっている。

周りが話をはじめるなか、私たちのテーブルには会話は生まれていない。見れば、落石は私のカードをチラッと見ただけでテーブルに置いてしまっていた。

タイプではない、ってことなのだろうけれど、それにしても露骨な態度に眉をひそめてしまう。勝手にフラれたような気分になるが、ここは我慢。いつものように営業スマイルを意識し私は姿勢を正す。

「落石さんはお仕事はなにをされているのですか？」

「配送業」

ぶっきらぼうに答えると落石は太い腕を組んだ。仮装しているキャラもこんな感じだったと思い出すけれど、

「趣味は食べること、ですか？」

重ねて質問をする。

「まあ、そうだな。今日もメシを食いに来ただけだから」

「そうですか……。料理、おいしそうですよね」

「まあ、そうだな」

同じ言葉をくり返す落石は、視線をフードコーナーに向けた。

彼から私への質問はないらしい。

「そこまで。それでは男性は右側の席へ移動してください。着席したらすぐにスタートしてください」

よく通る声で司会者が言うと、男性陣が一斉に立ち上がり移動していく。落石は「どうも」と言うと、隣のテーブルへのっそり歩いて行った。

落石に続いてさっきまで隣の席にいた男性が私の前に座った。名前は忘れたが、彼もやはりあまり話はしない人だった。それからは三分ごとに自己紹介が続いた。

くり返していくうちに、同じ三分でも相手によって体感時間が違うことを知った。

社交的な男性の場合は会話も弾んだ。無口な男性や、逆に体を前のめりにして機関銃のように話し続ける男性が相手のときには、なかなか三分という時間は過ぎてくれなかった。

途中何度も涼香や素子の様子を確認した。そのたびに、いつだって涼香は白い歯を見せて笑っていたし、素子はうつむき加減でボソボソしゃべっていた。

最後のほうは自分が面接官になったような気分すらしたし、品定めされている居心地の悪さも感じた。印象に残る人は少なく、ただただ時間が過ぎることを願った。

地獄の時間が終わると、司会者から『フリータイム宣言』がなされた。ホテルスタッフによってさっきまで座っていたテーブルと椅子は素早く撤去され、代わりにカウンターのような背の高いテーブルがまばらに配置された。

素子がまっしぐらに料理に駆け寄るのが見えた。

私も、白い皿にサンドイッチとフルーツを載せ、端のテーブルに立つ。

「なにか飲まれますか?」

声をかけてきたのは、さっき話したはずの男性。ああ、そうだ。いちばんガツガツ話をしてきた人だ。年齢は四十歳だっけ……。ゾンビのメイクを顔に施している。

「あ、大丈夫です」

「ウーロン茶でいいですか? すぐに持ってきます」

自分の皿を私の隣に置くと返事も聞かずに男性は走って行く。

「ここ、いいですか?」

「僕もお願いします」

次々に皿を手にした男性が私の周りに集まってきた。何人かの女性もカウンターにつく。

ウーロン茶を手にした男性が私の前に体をすべりこませると、

「お待たせしました」

と、グラスを手渡してくる。

「ありがとうございます。えっと……」

「吉野《よしの》です。それでさっきの話の続きなんですが、今はマンションで暮らしているんですね?」

そんなこと言ったっけ? 思い出せずに曖昧にうなずくと、

「賃貸っておっしゃっていましたが、購入の予定はないのですか？」

と言って、彼はグラスの先端を乾杯よろしく軽く当ててきた。

「いつかは購入したいと考えていますが、なかなかそこまでは……」

専門学校時代から住んでいる賃貸マンションは、マンションというよりもどこか団地のような雰囲気がある。最近、上の階の夫婦に子供が生まれたらしく、泣き声に悩まされることも多い。

「買う必要はないですよ。河島さんならすぐに結婚できますよ」

「……はあ」

意味がわからずに答えると、「うちは新築なんです」と吉野は聞いてもいない情報を伝えてきた。

「まだ建てたばかりでして。まあちょっと駅から遠いのが難点ですね」

その言葉に、カウンターの向こう側にいた警察官の仮装をしている男性が「でも」と口を挟む。

「吉野さんの家は新築ですが、ご両親と同居ですよねぇ」

「まあそうだけど」

憮然とした表情を浮かべた吉野は、すぐに笑みを私に向けた。

「こちらのかたは佐々木《ささき》さんです。家持ちですが、駅まではバスで四十分もかかる川向こうに住んでいるんですよ」

「両親と同居よりはマシだと思いますがねぇ」

どうやら常連チームに捕まったらしい。お互いに火花を散らすような会話が続いている。

困った……。

助けを求めようと涼香や素子を捜す。すぐに涼香は見つかった。ひときわ大きな輪になっている集団の真ん中でにこやかに会話をしている。

あの場所に行くとさらに大変そうなのは想像に難くない。

素子は、と捜すと大盛りの料理をテーブルについてもりもり食べているところだった。

逃げるならあそこしかない。皿を手にして会話が途切れるのを待つが、なかなか終わらない。

今は、学生時代のスポーツの話をしている。壁際にいた女性たちも輪に入り、にこやかに受け答えしている。

本格的に逃げる準備をし、もう一度素子を見ると、彼女の隣に誰か立っているのが見えた。

最初に私の前に座っていた落石だ。同じコスプレ姿のふたりが隣同士に並び、無言で食べ続けている。その様子は、まるで大食い大会のように見えた。あそこに行くのも場違いな気がする。

そっとカウンターにグラスと皿を置くと、

「あの、ちょっとトイレへ……」

近くの人に告げて輪を抜けた。黒いタイルに薄い照明が映えるトイレに入ると、そのまま洗面所へ向かう。

いつもと同じスーツにメガネ姿の自分が鏡に映っている。ひどく間抜けに見え、手を洗うことに専念する。

私はいったいなにをやっているんだろう……。

こんなところで婚活パーティに参加するなんて、きっと笑われてしまうだろう。

笑われる、って誰に？　自分に問いかけるまでもなく、答えはわかっている。

翔……。

にこやかな笑顔がチラッと頭をかすめ、ギュッと目を閉じた。指先に当たる温水に、面影を一緒に流したかった。

すべて終わったこと。何度言い聞かせても、どうして亡霊のように彼は私の前に姿を現すのだろう。

「大変だったわね」

急に声がし目を開けると、いつの間にいたのか隣で女性がメイクを直していた。鏡越しに目が合うと女性はにっこり笑った。

私と同じようにスーツ姿で、仮装をしている様子はない。視線に気づいたのか、

「ああ、これ？　今日のパーティが仮装だなんて忘れていたのよ」

と目じりを下げた。軽くパーマのかかった肩までの髪で、年齢は四十代半ばくらいだろうか……？

「あなたも仮装してないじゃない」

「あ、はい。連絡をもらっていたみたいなのですが、忘れてしまいました」

「さっきマンションの話をしてたわよね」

赤い口紅で唇をなぞりながら女性は言った。どうやら同じ輪にいたらしいが記憶になかった。

「私、二十代のころにマンションを購入したのよ。でも、そのことを言うと男性陣はみんな去っていくから」

「そうなのですか……」

「不思議なものよね。てっきり条件がよくなると思っていたのに逆効果だったみたい。あ、私、岡田《おかだ》由美《ゆみ》」

「河島……玲菜です」

「どういう漢字を使うの？」

首をかしげる彼女に、自己紹介カードの裏面にペンで名前を書いて見せる。

「うらやましい名前ね」

不思議な答えに戸惑っていると、彼女は口紅の蓋をパチンと閉じた。

「私の名前って、漢字が左右対称で面白味がないの。あなたは真逆。まあ、ないものねだりね」

ふふ、と笑った岡田由美は「四十五歳」と情報を追加してくれた。明るくて気さくな人みたい。

「もう戻る？」

出口に視線をやる由美に、少し考えてから首を横に振った。今戻っても、行き場所に困るだけだろう。

「じゃあ壁の花になりましょう。隅っこで女子会するの」

濃いアイメイクの目でそう言った由美に促されフロアに戻る。ウエイターからワインのグラスをふたつ受け取ると、由美は出口付近に連れて行ってくれた。笑い声や話し声を背に立つ。

「私ね、この婚活パーティの常連なのよ。週末はほとんどの回に参加しているの」

「そんなにしょっちゅう開催されているのですか？」

赤いワインは彼女によく似合う。グラスについた口紅をさりげなく拭うと由美は私を見た。

「いろんなテーマで開催されているのよ。もちろん年齢制限があるから、参加したくてもできないのもあるけれどね。一応、年会費を支払っているから参加しないともったいないのよ」

「年会費……」

想像もしていないシステムに口をぽかんと開けてしまう。そんな私に由美はパープルに縁どられた目で私をまっすぐに見た。

「河島さん、あなた、結婚願望がないでしょう?」

「……」

「わかるのよ。そういうオーラが出ている人っているから。『友達に誘われて仕方なく参加しています』って顔に出ているから」

ズバリと言い当てられてしまい、ぐうの音も出ない。

「……すみません」

「あら、謝らなくってもいいのよ。そういう人も多いから」

カラッと笑った由美にますます落ちこんでしまう。

「はじめての人はモテるのよ。今も、常連さんはあなたのことばかり見ているもの」

そう言ってから由美はワインを飲んだ。

「でも、せめて誠意を持って対応してあげてね。運命の出逢いはどこにあるかわからないから」

由美はウインクをして、グラスを手にフードコーナーへ歩いて行ってしまう。

誠意か……。グラスの中で揺れている赤色を見つめた。

「河島さん」

そう呼ばれてふり向くとふたりの男性が近づいてきた。ひとりはゾンビの仮装の吉野。警察官の格好をしているのが佐々木。

「あ、すみません。お料理そのままでしたね」

輪に戻ろうとする私を、

「待ってください」

ゾンビの吉野が呼び止めた。

「今、話をされていた由美さん、気をつけたほうがいいですよ」

「……どうして、ですか？」

きょとんとする私に、大きくうなずいたのは警察官の佐々木だった。

「ここの主なんだよ」

「河島さんみたいな若い子のことを敵対視してつぶしにかかるってウワサだよ」

視線の先には、由美が皿を手にぽつんと佇《たたず》んでいるのが見えた。

「そんな人じゃないですよ。いろいろ親切に教えてくれました」

どうしてそんなことを言うのだろう？　そのときの私には、まだ疑問しかなかった。するとふたりは揃ってわざとらしくため息をついた。まるで上司がダメな部下に対してするみたいに。

「それが作戦なんだよ。彼女の別名は『新人つぶし』。みんな言ってるよ」

「こないだ来たリカちゃんって子もすぐに帰っちゃったし。あれも由美さんと話をしてすぐのことだったもんな。余計なこと言ったに決まってている」

吉野の意見に佐々木も同調している。

なんだか胃のあたりがムカムカしているのがわかった。笑みがこわばるのを感じながらも、私は首をかしげてみせた。

「でも……いい人でしたよ」

仕事だと思えばいい。どんなに理不尽なことを言われても平気な顔をしていれば……。

グラスを持つ手に力が入っているのがわかり、肩で息をして自分を落ち着かせる。

けれど、男性ふたりはさらに一歩近づいてくる。

「もう少し早く助けに来ればよかったね。このあとは任せて。私がちゃんと守るから」

「由美さんに話しかけられそうになったら無視すればいいよ」

口角を意識しないとすとんとおりてしまいそう。これは仕事、とさらに強く言い聞かせる。

「私は大丈夫です。ありがとうございます」

なんとかそう言うと、急に喉が渇いた気がしてワインを口に運んだ。ひと口のつもりが一気に飲んでしまった。そんな私に気づく様子もなく、ゾンビと警官は話をやめない。

「だいたい、由美さんて参加しすぎだよな。ガツガツしているくせに、自分から話しかけないし意味がわからないよ」

「ここの守護神って思っているんだろ？　どちらかというと疫病神なのに」

がはは、と笑うふたりから目を逸らすと、遠くにいる由美と目が合った。会話が聞こえているはずもないのに、悲し気な瞳をしている気がした。

「あの！」

気がついたときにはもう口から言葉がこぼれていた。

「もうやめてください。人のことを勝手にあれこれ言うの、好きじゃないんです」

ふたりはびっくりした顔で呆《ほう》けていた。ヤバい、と思ったけれど一度放った言葉は取り消しがきかない。

「すみません。失礼します」

きっちり最敬礼をするとその場を離れる。

ドリンクコーナーへ逃げると、空いたワイングラスを置いた。まだ怒りが沸々とたぎっているのがわかる。

いつもならどんなことを言われても平気なフリで押し通せるのに、なにやっているんだろう。ふり返ると、吉野と佐々木は元の輪に戻っていた。

「やっぱり向いてないよ」

つぶやき、新しいワインのグラスに手を伸ばす。

腕時計を見ればもうすぐ八時。フリータイムが終われば、このあと気に入った人の番号を書いて提出すると説明があった。

その前に帰ろう……。初対面の男性に怒ってしまったせいで悪いウワサを立てられるかもしれない。涼香と素子にはあとでメールしておけばいいか。

ぼんやりとそんなことを考えていると、ふと視線を感じた。

ゆっくり右側に目をやると、離れた場所に男性が立っているのが見えた。スラリとした長身の男性は、黒いスーツに身を包み、肩には黒いマントをつけている。さらに驚いたのは、顔の半分を真っ白のマスクで隠していることだ。

……オペラ座の怪人？

そう、かの有名な古典作品である『オペラ座の怪人』のファントムにそっくりだったのだ。

さっそうとマントをはためかせて近づいてくる男性は、まるでスクリーンの世界からやって来たよう。まっすぐに私に向かって歩いて来る。

スローモーションのように見える視界。有名なオペラ座の怪人のテーマ曲、冒頭のオルガンの音が頭の中で鳴っている。

私のそばに立つと男性は鋭い視線で私を見おろした。

映画の中のファントムはいつだってヒロインであるクリスティーヌを慈悲あふれる愛で包む。

私にもついにファントムが現れたの？

高鳴る胸を押さえ、仮面で隠れていないほうの目を見る。

……鋭く私を見る切れ長の目があった。いや、むしろにらんでいるように見える。

「え……」

戸惑う私に彼はスッと口を開いた。低い声が耳に届く。

「あんた、性格がブスだね」

と。

第二章

恋は、もう
ここにはいない

Episode 2

「なんなのよ、あの男！」

この数日、ずっと同じことばかり言っている。愚痴を聞いてもらうのはいつもの居酒屋、いつものメンツ。

あれから六日が過ぎた金曜日。今日は定例の女子会。

仕事の愚痴は言わないけれど、プライベートな問題は友達なら共有すべき。

「もう何度も聞いたってば。オペラ座の怪人に『ブス』って言われたんでしょ」

呆れ顔でモヒートを飲む涼香に、私は速攻で「違う」と叫ぶ。

「『あんた、性格がブスだね』だよ。それに、オペラ座の怪人はタイトル。ファントムが怪人という意味で、本名はエリック。よりによって私のいちばん好きな作品の仮装をするなんてひどすぎる！」

「いや、論点が違うでしょ。で、どんな見た目だったの？」

「仮面で顔の半分を隠していたけど、どう見ても年下っぽかった。たぶん二十代前半くらいかな。初対面の人に、なんであんなこと言われなくちゃいけないのよ」

どう考えても納得できない。何度思い返してもムカムカする。

「でも、なんにも言い返せなかったんでしょう？」

「だって言うだけ言ったら、さっとマントをひるがえして行っちゃったんだもん」

さっそうと現れたファントムは、たったひと言、私に捨て台詞を吐くと消えてしまったのだ。これは当て逃げ事故に匹敵するくらいのレベルだ。

「なになに、フラれたの？」

お代わりのビールを運んでくる健ちゃんをギロッとにらむと、「怖い怖い」とそそくさと逃げていく。

「もう会わない人なんだし許してやりなよ」

聞き飽きた感じで流す涼香にムッと口を尖らせる。

「そういうことじゃなくって、失礼だって言いたいの。評価するなら0点、いくらイケメンでも0点だよ」

「へぇ、イケメンなんだ？　見たかったなぁ」

「まぁどちらかと言えば、ね……って、そういうことを言ってるんじゃないんだってば」

なんでそうなるの？

「まあ、いい経験できたじゃない。婚活パーティにはいろんな男性が来るからさ」

すっかり興味をなくしたのか、涼香はパール色に塗った両手のネイルを眺めている。

じとっと恨めしい視線を送りながら、冷えたビールで気持ちを落ち着かせる。

十一月に入り、ハロウィン色は町から姿を消した。代わりに、気の早いクリスマスのディスプレイもちらほらと出現し出している。

ため息をつくと、ファントムの言葉を思い出してまたムカムカする。

そうしてから気づく。

あれ以来、翔のことを思い出していなかった、と。ああ、ダメだ。気にするとまた頭の中で思い出が再生されそう。軽く頭を振ると、それまで黙っていた素子が箸を置いた。

「沢木《さわき》さんなら、今週末の婚活パーティにまた来るみたいだよ」

「沢木さん？」

あっけらかんと口にされた名前にきょとんとする私に、素子も同じように目を丸くした。

「だから玲菜ちゃんのことをブスって言った人。あ、性格ブスだ」

「ブスブス言わないでよ。へぇ、沢木さんっていうんだ。え……知り合いなの？」

強がった口調になるのはなぜなのか、自分でもわからない。そんな私に気づくこともなく素子はコーラを飲むと「ぷはー」と炭酸を逃がした。

「沢木ハルさん。ハルはカタカナで書くんだって。珍しい名前だね」

「……で？」

先を促すようにじっと見てしまう。

「フリータイムの途中で少し話をしたよ。少しつっけんどんな話しかただったけど、別に悪い人じゃなかったよ」

そんなわけがない。悪意の塊だった印象しかない。

「落石さんも来るんだって。また大食い勝負するんだ」

ウキウキしている様子の素子。落石はたしか素子と同じ仮装で並んで食べていたっけ。素子もいい人を見つけたってことか……。

「てことで、明日の夜も再挑戦で決まりだからね」

まとめるように涼香が宣言した。

「ちょっと、勝手に決めないでよ。婚活パーティなんかもうこりごり」

「なに言ってるのよ。そもそも玲菜が途中で帰っちゃったせいでキャンセル料を取られたんだからね。責任は取ってもらいます」

「えええぇ」

常連の男性ふたりにもキレてしまったし、沢木ハルにはひどいこと言われた。私にとっての婚活パーティはトラウマ以外のなにものでもない。

「次も同じところで同じ時間。今回は仮装もないから安心して」

「イヤだ。絶対にイヤ」

「玲菜ちゃん、あきらめよう。それに、ファントムにまた会えるんだよ。そこで言いたいことを言えばいいんだから」

素子までそんなことを言う？　がっくりとする私に素子はぼんやりと宙を眺めて言った。

「今度は中華料理なんだって。ねぇ、婚活パーティも悪くないよね」

「食事もあって出逢いまである。行って正解だったでしょう？」

盛り上がるふたりにはなにを言っても通じそうもない。

ああ、最悪だ……。


その晩、久しぶりに翔の夢を見た。

あれは高校一年生の十二月。朝から降り出した雪は、終業式が終わるころになると世界を白一色に染めていた。

『好きなんだ』

そう言った翔の口から白い息が生まれていた。

中学生のころから友達だった翔。

無口だけど正義感の強い翔。

やさしい翔。

大好きな翔。

同じ高校に進んだのは偶然じゃなかった。テニス部のエースだった翔が推薦入学を決めたことを知った日から、必死に勉強をして同じ高校に入ることができた。同じクラスになれたことを何度も神様に感謝した。

片想いがずっと続くのかと思っていたし、それでもいいと覚悟していた。

どんどん身長が伸びていく翔と、数ミリ単位でしか伸びない私。気持ちも離れて行くようで不安だったのに、まさか告白されるなんて……。

赤いマフラーの先を握りうなずくことしかできなかった。

幸せな片想いがハッピーエンドを迎えた気がした。雪の中の告白は、まるでおとぎ話の一場面のよう……。そんなふうに感じたクリスマスイブだった。

そのとき、ぐにゃりと風景が歪んだかと思うと、私はひとり、コンビニの前に立っていた。夢の場面が変わったらしい。

コンビニのガラスにもたれて空を見ている私。ああ、これはつき合い出して二年後のクリスマスイブのことだ。

夢の中の私は、コンビニの駐車場で空を見上げている。空には厚い雲がゆっくりと東へと流れていた。

つき合って二年が経っても、翔はなにも変わらなかった。

部活で忙しくても毎日のように会ってくれたし、引退してからもしょっちゅう部室に顔を出し後輩とはしゃいでいた。面倒見のいい彼が好きだったし、彼を待つ時間も幸せだった。

カバンからスマホを出し、イヤホンを耳に入れると再生ボタンを押す。彼が好きだと教えてくれたヒーリングミュージックは、ドラマのサントラ版CDに入っている曲らしい。タイトルは『観覧車』。

何度も聞いているうちに、たくさんの思い出が曲に住み着いたみたいで、私も今では大好きになった曲だ。

ピアノの静かで切ないメロディに、泣くようなバイオリンの音が重なる。曲が流れれば、いつだってほっこりとしたあたたかさがお腹に生まれる気がしたんだ。

「もしも雪なら……」

雪が降るほど寒くはなく、天気予報はこのあと雨を予告していた。つき合って二年の今日、雪が降ればムード満点なのに。

赤いマフラーを頬まで上げ、くり返し音楽を聞いていた。いつもより遅い、とは思ったけれど気にならなかった。

ふいに、けたたましいサイレンが音楽をかき消した。

見ると赤いライトを回しながら救急車が学校の方角へ向かっていく。

――これ以上、見たくない。

夢の終わりを望むけれど、過去の映像は停止してくれなかった。

音楽を止めた私は、翔へ電話をかける。出ない。

何度かくり返しているうちに私は歩き出していた。雨が、ぽつりと空から落ちた。すぐに無数の染みをアスファルトに作っていく。

いつしか走り出す私の向こうに、高校の建物が見えてくる。

――見たくない。見たくないよ。

校門近くに集まっている人々。音を消した救急車のライトがまだクルクル回って塀に映し出されている。悲鳴や怒号が激しくなる雨の音の向こうに聞こえる。

その向こう……校門に突き刺さるように白い軽自動車がひしゃげて停まっていた。

これは……なに？

雨はどんどん私の体温を奪っていくようで、知らぬ間に足がガタガタと震えていた。

「どいてください！」

モーゼの海割りのように集まっていた人がサッと道を空けると、救急隊員の姿が見えた。担架に乗せられている人を見て私は息を呑んだ。

「……翔？」

真っ青な顔の翔が力なく横たわっていた。かけられている布が赤く染まっている。雨がたたきつけるように私を濡らしていた。

――やめて。もう見たくないよ！

「ウソ……。翔、翔!!」

駆け寄ろうとした私に、救急車のうしろに乗りこもうとしていた女性がふりかえった。

担任の門田《かどた》先生だった。見たこともないくらいこわばった顔をしている。

「先生、翔は!?」

答える前に救急隊員によってうしろのドアは閉じられた。

すぐに鳴り出すサイレンのボリュームに頭が割れそう。

「翔！」

駆け出す私を置いて救急車は去って行く。

翔が私を残して遠ざかって行く。

雨がすべて消して行く。

そんな夢。


目覚めは最悪だった。

どんよりと重い気持ちで、ベッドから起き上がるのに苦労した。遮光カーテンを開けばあの日と同じ雨模様の世界がある。灰色の空からは、無数の矢が降り注いでいる。

「翔……」

　重いため息をこぼし、ベッドに腰かける。もう夢は終わったのに、涙がどんどんこぼれている。今日が土曜日でよかった。パジャマの袖で涙を拭っても、久しぶりに見た夢が鉛のように体を重くしていた。

　もう一度ベッドに横になり白い天井を見上げる。

　結局、あの日を最後に私は翔に二度と会えなかった。

『ひどい怪我らしくて今も治療をしているの。県外の病院に入院しているみたいだけど、私も病院の名前は教えてもらっていないのよ』

　何度尋ねても、門田先生はその説明をくり返すだけだった。

　翔の住むマンションにも何度も行った。けれど、どんな時間にインターホンを押しても反応はないままだった。

　携帯電話も通じなくなり、メールも跳ね返ってくるようになってからは、毎日のように手紙を書いた。翔の無事を祈り、会いたい気持ちを文字に託した。

　気がつけば受験も終わっていた。まるで私ひとりを置き去りに、時間だけが過ぎて行ったような感覚だった。

　冬の寒い日のこと、一通の手紙が家のポストに入っていた。差出人の住所や名前は封筒に記されていなかった。はやる気持ちを抑えて封を開けると、きれいな文字が並んでいた。

『翔はもういません。もう連絡してこないでください。　剣崎文代《ふみよ》』

翔の母親の名前が記されたその手紙を何度も読み返した。

意味がわからなかった。

自分を抑えきれず、家を飛び出した。翔のマンションに着くころには夕暮れも終わり、濃い夜が町に降りていた。

翔の母親に話を聞こう。手紙を送ってきたくらいだから、きっと話ができるはず。期待を胸にマンションに到着する。

が、何度鳴らしてもむなしくインターホンが響くだけ。やがて、集合ポストに『剣崎』の表札がないことに気づく。

『ウソでしょう……』

パニックでうずくまる私に、管理人の男性が説明してくれた。

『治療のために家族で病院の近くに住んでいたそうなんだけどね。なにかあったらしくて、先日、急に引っ越して行ってね——』

そこから先は覚えていない。

茫然としたまま季節は流れ、私は専門学校に入った。彼のいない毎日をぼんやりと流されて生きた。

そうして、翔がもうこの世にいないという失望をやがて受け入れていた。

私のおとぎ話は二年ちょうどで悲劇に終わり、もう二度とページをめくることはない。

『今でも彼を愛しているから恋ができないの？』と尋ねられれば、それは違うと思う。

あのクリスマスイブの日、私の恋愛感情は救急車と一緒に連れ去られ、翔の命とともに消えたんだ。

だから、私は恋をする術《すべ》をなくしてしまった。そう、思っている。


婚活パーティの数時間前。

私は今、雨にくすぶる町を素子と歩いている。

結局あのあともブルーな気持ちが消えないまま午前をダラダラと過ごしていた私に、素子から電話があったのだ。

彼女からの誘いは『マンションの下見につき合って』だった。家にいるとますます暗くなりそうで、すがるようにその誘いに乗ることにした。

「まさか雨が降るなんて、ごめんねぇ」

水たまりに気をつけながら歩く私に、朱色の傘から顔を覗かせる素子。

「急にどうしたのよ。素子、マンションを買うの？」

「決めたわけじゃないけどね。ちょっと気になってるところがあるんだ」

こっち、と指さす素子に続き細道に入って行く。駅裏から徒歩五分と言っていたけれど、すでに十分くらいは歩いている気がする。

やがて行き止まりの先にマンションが見えて来た。真っ白な壁は雨の世界でも美しく輝いて見える。表には〈ＭＡＮＳＩＯＮ　ＳＰ〉と黒い文字で小さく書かれていて、見たところ十階建てくらいだろうか。

傘をたたんだ素子が、入り口にある暗証キーに数字を打ちこむ。電子音に続いて自動ドアが開いた。続いてさらにガラス張りのドアがある。

「不動産屋さんに借りて来たの」

そう言ってカギを取り出す素子がドアにカギを入れて右に回すと、音もなくガラスドアが左右に開いた。

「すごい」

思わず声に出してしまったのは、外観と同じ、いやそれ以上に真っ白なエントランスホールがあったから。置いてあるソファセットまで白く、なんだか自分が宙に浮いている気さえしてくる。

奥に見えるのはエレベーターで、手前には管理人室もあった。

程よく空調も効いていて、聞こえるか聞こえないかくらいのＢＧＭが流れている。私の住んでいるマンションとは天地ほどの差がある。

「オシャレでしょう？　駅の近くにしては狭くないし、いいと思わない？」

エレベーターに向かいながら尋ねる素子にうなずくけれど……。

「でも、高いんでしょう？」

下世話な質問だと思ったけれど、素子は気にした様子もなく肩をすくめた。

「新築じゃないからそこまでじゃないみたい。定年まではローンを払い続けることになるけどね。私が候補にしてるのは単身用の部屋なの。それでも夫婦で住めるくらい広いんだよね」

エレベーターの中も、運搬に使う業務用かと思うほど広かった。キョロキョロと見回す私に、

「広いでしょう？」

と素子は自慢げにあごを上げた。

「ベッドごと運べるように設計しているんだって。このマンションって、入居した人が死ぬときまで住めるようにいろんな工夫がされているんだよ。敷地の向かい側には内科病院まで構えているんだから」

営業マンよろしく説明する素子に軽くうなずく。

私たちの働いている有料老人ホームのマンションバージョンってとこだろう。

三階でおりると、素子はいちばん手前の部屋で立ち止まりカギを開けた。靴を脱ぎ奥に

あるドアを開けると、そこには十五畳はあるかと思うほど広いリビング兼ダイニングがあった。

「本当に広いね！」

興奮を覚えてしまい、窓辺に近寄ってカーテンを開いた。程よい広さのバルコニーがあり、近くに高い建物が少ないせいか駅ビルも雨の向こうに見えている。

部屋のすみにはウォークインクローゼットや、物置に使える小部屋まであった。ひとりで住むにはたしかに贅沢な造りと言えよう。

「ここなら通勤にも便利だし、コンビニだって近くにあるんだよ。案外静かな場所だし、すごいでしょう？」

感心して見て回る私に、素子はまるで自分の部屋かのように自慢しているのが笑えた。

「たしかにすごいね」

「それに、ここってバリアフリー設計なの。車椅子のままでも入れるし、ほら、いろんなところに手すりもついてる」

たしかにここまで段差らしきものは皆無だった。

それにしても……。

「素子ってそんなに将来設計をきちんとするタイプだったっけ？」

昔からの仲だけど、将来の不安を口にするのはいつだって私の役割だった。どちらかと言えば、素子は『その日さえ楽しければいい』というタイプだった気がする。

「まあ私もいろいろ考えているわけよ」

食事以外のことで彼女が熱弁をふるうのは珍しいことだ。介護保険のサービスと組み合わせれば、ひとりで暮らしていくことも可能だろう。

「でさ、提案なんだけど」

そう言う素子がずいと距離を縮めてきた。

「このマンション、一緒に買わない？」

「は？」

浴室の照明を消したポーズで固まる私に、素子はモジモジと上目遣いになった。

「だって老後も隣の部屋とかに住んでいれば助け合えるもん。このマンションってね、AI家電を取り入れていたり、最上階にはジムとかマッサージ機まであったりするんだよ。体の不自由な人のための介助ロボットもあるんだって」

目を輝かせて力説してくるけれど、予想外のことに私は目を白黒させてしまう。

「急に言われてもムリだよ」

「今しかダメなの。だって、こんないい条件の部屋が隣同士並んで空いたんだから。てことで契約しようよ」

どうやらこの部屋と隣の部屋が空室になったらしい。だけど、スーパーでの買い物じゃないんだからそんな簡単に『はい、買います』なんて言えるわけがない。

鼻息荒く力説する素子にタジタジになっているうちに涼香との待ち合わせ時間が迫ってきた。

「そんなことより涼香を待たせると怒るよ」

「うーん。じゃあ、また来週一緒に見に来ようね」

有無を言わさず約束を取りつけようとする素子に苦笑いで応える。

それでも、少しだけ今朝見た夢の染みが薄まったような気がした。


婚活パーティは先週と同じ会場のはずなのに、仮装をしていないだけで落ち着いて見えるから不思議。

テーブルで向かい合っての自己紹介も、前回ほど緊張せずにこなしている。

今回の私の番号は九番。ハロウィンのときよりも若干年齢層は低めで、涼香によると〈二年以内に結婚したい二十代三十代〉というテーマだそうだ。

ひっきりなしに目の前に現れる男性の中には、先週私がキレてしまったゾンビもいた。名前は……吉野。まだ三十代だったんだ。

……それにしても、と辺りを見回すけれど、ファントムはいないようだった。

ひょっとしたらあの仮面のせいで気づいていないだけかもしれない。もう一度じっくり

見回していると、

「いちばん好きな映画は？」

ふいに目の前の男性から質問をされた。しまった、自己紹介コーナーの途中だった。

「映画、ですか？」

「ほら、趣味のところに書いてあるから」

指さす先には私が書いたプロフィールカードがあった。そうだった、と背筋を伸ばす。

「映画はいろいろ観ていますね」

口元に笑みを意識して答える。

「その中でも好きな作品はなんなの？」

黒いジャケットに黒シャツの男性は二十八歳の同い年で、名前の欄には〈トミー〉と書いてある。金色に近い茶髪で眉毛もしっかり整えてあり、いわばチャラ男の印象を受ける。

「そうですね。なんでしょうか……」

「俺はやっぱり『風と共に去った』だね。あれは名作だよ。古典的な作品だけどロマンを感じるんだよね。玲菜ちゃんも観てみてよ」

おそらく『風と共に去りぬ』のことだと思うが、訂正するのもなんなので愛想笑いでうなずくことにした。

トミーは通りかかったスタッフに「ウイスキーをダブルで。急いで」と声をかけてから、両肘をテーブルの上に置き顔を近づけてきた。

「で、玲菜ちゃんの好きな映画は？」

ふんわりとお酒の匂いがしている。ちなみに初対面で『ちゃん』づけする人は得意ではない。強引に距離感を詰めてこられると、同じ幅で逃げたくなるのは昔から変わらない。

「パッと思いつくのは、『オペラ座の怪人』ですかね」

ファントムを捜していたこともあり素直に答えると、

「ああ、あれか」

鼻を鳴らしてトミーが椅子にもたれかかった。顔には呆れた表情を貼りつけている。

「ご覧になったのですか？」

「映画通としては常識だよ。エンターテイメント化しすぎていて、俺にはピンとこなかったけどな」

「そうですか」

にっこり笑う私にトミーは足を組んだ。

「あんな娯楽作品がいちばん好きだなんて笑っちゃうな」

クックッと喉の奥で笑ったトミーがまっすぐ私を指差した。

「玲菜ちゃんにひとつ忠告しとくよ。趣味の欄に『映画』って書くのはやめたほうがいい。『オペラ座の怪人』はないわー。うん、ないない」

おかしそうに笑うトミー。いつもなら冷静にやり過ごせるはずが、考える間もなく口が動いていた。

「二〇〇四年の映画も好きですけれど、一九二五年のモノクロ版や一九六二年のものも好きです」

「……へぇ」

片方の眉をわざとらしくひそめたトミーに、私は少し身を乗り出す。

「奥深いですよね。ファントムになるエリックの解釈が映画によって違うんです。狂気を押し出す演出から、世情に合わせてエリックの悲劇を軸にする作品。さらには彼に同調するようなものまでたくさんありますから。特に一九四三年のはご覧になりましたか？　エリックとクリスティーヌが親子であるかのようなラストには本当に驚きました。トミーさんはどの『オペラ座の怪人』が好きですか？」

「あ……それは」

気圧《けお》されたように口ごもるトミーを見てハッとする。見ると、右隣のテーブルのふたりも固まって私を見ていた。

「時間です。男性のかたは隣の席へ移動してください」

司会者の声にトミーが、

「じゃあまた」

と毒気を抜かれたように移動していく。

……つい熱くなってしまった。

最近はどうしてこうも言いたいことを言ってしまうのだろう。

それもこれも、あのファントムのせいだ。いや、吉野と佐々木に啖呵《たんか》を切ったのはファントムに会う前の話か……。婚活パーティという非日常なイベントのせいなのかもしれない。

「はじめまして」

今の会話を聞いていた男性がおずおずとプロフィールカードを手渡してきた。

「はじめまして。河島玲菜です」

笑顔がこわばっているのは、自分がいちばんわかっている。


フリータイムになった途端、吉野がワイングラスを手に近づいて来た。

「河島さんも来られていたのですね」

にこやかな吉野からグラスを受け取ると、私は頭を下げた。

「先日は失礼なことを言ってしまい申し訳ありません」

いくら由美のことを悪く言われたからって、あんな態度はなかったと反省している。ゾンビメイクをしていない吉野は前よりも若く見えた。

「私こそすみません。マンションのことを尋ねたり、常連の噂話をしたりしてしまいました。佐々木さんともあのあと反省していたんですよ」

「そうですか」

「佐々木さんは今年四十歳になったので今回は参加していませんが、また会ってやってください」

チンとグラスを鳴らして乾杯する吉野。今日は前回よりも参加者が少ないせいか、私のいるカウンターには彼しかいない。

涼香はあいかわらず大きな集団の中心にいた。素子は料理を食べ始めており、隣には大食いの落石の姿もある。会話を交わすこともなく一心不乱に食べているふたりを眺めていると、吉野の視線を感じた。

「河島さんは、どういう男性が好きなのですか?」

「え……」

「私の理想は、はっきりと自分の意思を言葉にできる女性なんです」

……これはやばい展開かもしれない。皿の上にあるチーズを意味もなくふたつに切りながら、

「そう……ですか」

とうなずく。

「奥ゆかしさがあるギャップも好きです」

「そういうわけでは……」

勘違いしているだけだよ。曖昧にほほ笑む私に気づかずに吉野はグイとワインを一気に飲み干した。

「私は三十八歳で、河島さんよりも十歳も上です」

「はあ……」

「この歳になるまでなかなか結婚には踏み切れなかった。それが、あなたに会って変わったんです」

本格的に困った流れになってきた。どうやら吉野は惚れっぽい体質らしい。

またトイレに逃げようと思い視線をさまよわせた瞬間だった。ふと、見覚えのある男性が目に入ったのだ。

グラスを手にフロアを歩くスーツ姿。一瞬だけ私を見て微笑を浮かべたその人は……。

「――ファントム？」

「え、なんですか？」

きょとんとする吉野に答えず、去っていく背中を見た。仮面をつけていないから断定はできないけれど、沢木という名の男性で間違いないように思えた。

「あの、すみません。失礼します」

ペコリと頭を下げると私は足早に沢木のあとを追う。歓談の輪の向こうに沢木の姿は見えなくなる。

キョロキョロしていると涼香や素子と目が合ったが、高身長の男性や目の前の食事に夢中らしくすぐに視線を外されてしまった。

もうどこにも沢木の姿はない。どこに行ってしまったの？

これではまるで映画の場面と同じではないか。映画ではクリスティーヌはファントムに憧れを抱いていて、現実の私はムカつきを覚えている。捜している行為は同じでも、目的はずいぶんと違う。

視線は、壁際にあるガラス戸で止まる。沢木と思われる男性がバルコニーへ続く戸を開けたところだった。

「待って！」

声をかけたとき、たしかに彼は顔だけふり向き私を見た。が、すぐに姿はガラス戸の向こうにある夜に見えなくなる。

閉まりかけた戸を押し外に出れば、冷たい風が全身に吹きつけてきた。上着を羽織って来なかったことを後悔しても遅い。

バルコニーは庭園のようになっていて、レンガの道の脇にオレンジ色の照明、それに隠れるようにいくつかの花が咲いていた。向こうには夜の町の明かりが星のように光っている。

どこに行ったのだろう……。人影のないバルコニーを進むが、あまりにも寒くて体が震えてしまう。カジュアルドレスよりもいつものスーツで来ればよかった。

レンガを擦《こす》るような音がして見れば、バルコニーの角に黒い人影がある。

ゆっくり進んで行くと、明かりに照らされたその表情が見えた。間違いない、先週ここで会ったファントムだ。

「あの……」

声をかけるがその先が続かない。なんて自己紹介すればいいのだろう。

『先週、性格がブスだと言われた者です』

『覚えていますか、私のこと？』

素早くシミュレーションをしても、しっくりくるものがない。そんな私を沢木は無表情で観察するように見てくる。

いよいよなにか言葉にしなくちゃ、と口を開いたときだった。

「この間のことでなにか文句あるの？」

そう、彼は言った。思ったよりも高い声だった。紺のジャケットにスラックス姿の沢木は、おそらく二十代前半くらい。ファントムの仮装のときよりも若く見え、身長も記憶よりも高くない。

サラサラの髪が風に泳いでいて、切れ長の目が私を捉えている。

「悪いけれど訂正する気はないよ」

先制攻撃をされ言葉に詰まった。

「か……河島玲菜といいます。あなたは、沢木ハルさん？」

そうだ、とでも言うように軽くうなずくと、

「ハルって呼べばいい」

さらりとそう言ってくる。

「玲菜はいくつ？」

「玲菜？」

どこまで失礼な人なのだろう。ムッとしてしまうが、表情には出さないように笑みを浮かべた。

「私は……二十八歳です」

「俺は二十二」

二十二歳!?　驚きのあまり思わずあとずさりをしてしまった。

「婚活パーティに参加するには若すぎのような……。え、大学生ってこと？」

「自分の物差しで測るのはやめたほうがいい。いくつで結婚したくなろうと他人には関係ないだろ。ちなみに高卒で働いているから社会人」

真理を突く言葉にもう黙るしかない。こんな自己紹介をし合いたいわけじゃないのに。反応を楽しむようなハルと口をへの字に結ぶ私との間に冷たい風が通り抜けた。

「どうして先週は私のことをブ……あんなふうに言ったの？」

そう尋ねるとハルは顔を町の明かりに向けた。

「思ったことを言ったまでだよ。玲菜は『こんなところに来たくなかった』って顔をしていた。それなのに寄ってくる男性にはぎこちない愛想笑いでやり過ごして、だけど最後は怒っていた。自分の感情を抑えようと必死な割りにバレバレの態度しか取れない。あれじゃあ、本気で結婚しようとしている人に失礼だろう？」

吉野や佐々木、そして由美の顔が浮かんだ。たしかに、あのときの私はそんな態度だったかもしれない。

「だからって、ああいう言いかたは傷つきます」

「俺が言ったのは玲菜の顔のことじゃない。そういう性格がブスだって言ったんだ」

精一杯の反撃も、ハルにダメージはないみたい。クールな顔を夜風にさらし、

「なんならもっと当ててやろうか？」

ハルは視線をこちらに戻した。

「君は、仕事でも人に指示や教育をするような立場なのだろう。年上の人にもズバズバと意見を述べている。だったらそれを押し通せばいいのに、『言いたくて言っているんじゃ

ない』と防御を張ることも忘れない。ブスというか、ずるい人間だ」

あまりにも的確に言い当てられている気がした。だけど……なんで会って二回目の人にそこまで言われなくちゃいけないいんだろう。

ムカムカする私を見透かすように、

「ほら、今も感情を抑えている」

とハルはひとさし指を向けてくる。

「そういうところがブスだって言っている。誰とも本気で話ができない。そのくせ原因は他人に押しつけている」

「もうやめて」

これ以上言われるとカッとしそう。自分の感情を抑えることがどうしてダメなの？　言いたいことを言えば、いつかは嫌われる。それが社会人としてのセオリーだと経験値が教えているのに。

「そうやって自分の感情を殺すなら、最後までやり通すべきだ。それができないなら、ちゃんと言いたいことは口にしたほうがいい」

「わかったからもういいよ」

「わかってない。堕落した生活、自分に甘い性格のくせに、心を許せていない他者には至極まっとうな人格を演じている」

「そんなことない」

「意味のないプライドが邪魔して――」

「やめてよ！」

思わず声を荒らげてしまった。けれど堤防が決壊したみたいに次の言葉がもう飛び出している。

「私のなにを知っているのよ！」

ギュッと口をつぐむと、ハルはなぜか口元に笑みを浮かべている。

「怒るってことは、図星だったってこと。ご飯は外食かコンビニが主で、家の台所ではお湯くらいしか沸かさない。自分に男は必要ないと悟った気でいるし、実際に長い間恋愛もしていない」

う、と言葉に詰まる。

「頼れるのは貯金と保険くらいで、結婚願望もないね？」

「……だからなんなのよ」

この人なんなの？　なんでこんなひどいことを言ってくるのだろう。

だけど……言われていることのほとんど、いや、すべてが図星だ。

「未来を予言してやろう。色でたとえるならば、これ以上ないくらい真っ黒。誰からも好かれずにひとりぼっちで病気になって死ぬ」

グサリと目に見えないナイフが刺さった気がした。ずっと前からあった予感を言い当てられた気がした。

「ハルさんは……う、占い師なの？」

「ハル、でいいよ。占い師ではない。でも、俺なら君の未来を変えることができる。しょうがない、玲菜の歪んだ性格を直してやろう」

「お断りします」

性格を直してもらわなくてもいい。私はこれまでうまくやってこられたんだから。

もう戻ろう、と足の向きを変えようとする私にハルは言った。

「今のままでいいと本気で思っているわけじゃないだろう？　俺に任せてくれれば君の悩みを解決することができる」

「悩み？」

「そう、悩み。仕事やプライベート、過去の呪縛からも解放させてあげる」

ゆっくりとハルの顔を見ると、自信ありげにまっすぐに私を見ていた。過去の呪縛をハルが解いてくれるってこと？

「そんなこと……できるわけがないよ」

「疑い深い人は、他人を信用できない人。それはつまり自分に自信がないってことだろうね」

「……本当に？」

「約束する。これからよろしくね、玲菜」

顔を近づけてハルは笑う。それまでの微笑と違い、彼は白い歯を見せてうれしそうに笑った。

第三章

黒猫と話す夜

Episode 3

十一月十五日、日曜日、晴れ。

私は今、駅前のベンチにひとり座っている。ここに着いたのは十五分前。朝の寒さもやわらいだ陽射しのなか、家族連れやカップルが楽しそうに行き交っている。

約束の時間まで二十分もあるし、その『約束』を果たすべきかまだ迷い中。そういうときに頼れるのは親友だ。

『へぇ、そんなことがあったんだ』

スマホ越しに涼香が笑みを含んだ声で言った。

「なんで二十二歳の子に、自分の性格を注意されなくちゃいけないのよ」

『だね』

「それに、未来を変えることなんてできるわけないもん。ひょっとしたら怪しい商売とかかな？　あ、ひょっとして宗教？」

『それはないんじゃない？　でもさぁ、まさか玲菜が年下とつき合うとはねぇ』

「は？」

速攻で聞き返すが、

『まぁ案外お似合いなのかもね』

なんて言ってくる。

「ちょっと！　今の話をどう聞けばそうなるのよ」

思わず大きな声を出すと、隣のベンチに座っている学生らしきカップルが目を丸くしている。慌てて右手で口元を隠した。

「自信たっぷりに『未来を変えることができる』なんて宣言するから、ちょっと興味があるだけ。あくまでビジネスとして会うんだから」

ハルに指定された喫茶店はここから目と鼻の先にあるチェーン店。最初は会うつもりなんてなかったし、強引に交換させられた電話番号に送られてくるＳＮＳメッセージも無視を決めこんでいた。それくらい腹が立っていたのだ。

けれど、日が経つごとに怒りは消えていく。代わりに芽生えたのは不安の感情。

誰だって、自分の将来が『真っ黒』なんて言われたら同じ気持ちになると思うし、ましてや、『ひとりぼっちで病気になって死ぬ』なんて……。

言い当てられた現状に覚えがあるのも、悩んだ原因のひとつだった。

結局、今日の十三時に喫茶店で待ち合わせしてしまった。

『婚活パーティも捨てたもんじゃないでしょ。せっかくの出逢いなんだからがんばってね』

「どう聞いたらそういう結論になるのよ。ハルは……あ、沢木さんは、私がいちばん苦手な俺様タイプなの。天地がひっくり返っても恋をするなんてありえない。私の理想は、やさしくて思いやりがあって──」

翔みたいに穏やかで……。そこで思考の流れが過去に向かっていることに気づき、言葉に急ブレーキをかけた。

涼香に聞こえないようにため息をそっと逃がす。気づかれていないみたいでホッとした。

「とにかくこれは出逢いなんかじゃないんだからね」

『はいはい。もう昼休み終わるから切るよ』

「え、今日は休みじゃなかったっけ？」

介護の世界に土日は関係ない。私は今のポジションになってから、比較的休めるようになったけれど、涼香や素子はシフト制で勤務している。今月のシフトが出たときに、『久々の日曜日休みだ』と喜んでいたはずじゃ……。

ふう、とスマホの向こうで涼香がため息をついた。

『新人ちゃんが熱を出してダウンしたんだって。もう、これで何回目って感じ』

ああ、と思い当たる。夏の終わりに入社した若い看護師が最近休みがちなのは、施設内勤務から離れている私でも耳にしている。

「一度ちゃんと注意したほうがいいんじゃない？」

『あまり怒ると辞めちゃうでしょう。ただでさえ人手不足だし、辞められるくらいなら好きなだけ休んでほしいの。じゃあ、またね』

「がんばってね」と言う前に、あっさりと電話は切られた。視線を感じて横を見ると、カップルがサッと顔を逸らしクスクス含み笑いをしている。

……なんでもおもしろい年ごろなんだろうな。私も昔はそうだった。

翔と一緒にいるときはいつだって笑っていて、世界は宝石のように輝いていた。

「……ダメ」

つぶやいて立ち上がる。過去を思い出すと、翔の面影を必ず見る羽目になる。そうして、あとで落ちこむのがいつものスパイラル。

それらをふり切るように大股で喫茶店の入り口まで進み、その勢いのまま扉を開けた。

奥にある窓側の席にハルはいた。空を見ているかのようにあごを少し上げている横顔。茶色がかった細い髪は前髪が伸びていて、隙間から鋭い目が見えている。

イケメンの部類に入るのはたしか。だけど、自分に自信があるのは遠くからでも伝わってくる。きっとダメ出しをするために呼びつけたに決まっている。

真っ黒な色の未来から逃れられるなら、とここまで来たけれど……。とにかく話を聞いてみて、嫌ならちゃんと断ろう。

ハルは私の悩みを解決してくれると言っていた。ひょっとしたら翔のことを忘れられるのかもしれない。

ハルのいる席の近くまで行って足を止める。ベージュのジャケットに黒いパンツ姿がよく似合っている。

「こんにちは」

と声をかけると、ようやく私に気づいたみたい。薄い唇がすっと開いた。

「なにボーッと突っ立ってるの？　座れば？」

うん、やっぱりタイプとは程遠い。

なにか言ってやろうと思ったところで店員が水を運んで来たので、言われた通り椅子に腰をおろした。

コーヒーを注文すると、ハルは足元に置いていた箱をテーブルに置いた。三十センチ四方くらいの大きさの白い段ボール箱で、表に文字は書かれていない。

ひょっとしてプレゼント……？　まさか、私の性格を直すというのは会うための言い訳だったとか？

箱から視線を外せない私に、ハルはテーブル越しに顔を近づけた。

「プレゼントとか思ったりした？」

「そ、そんなこと思っていません」

「怒らないでもっと気楽に」

「怒ってないもん」

いちいちムカつく人だ。まるで私の考えや感情を先に読んでいるみたい。それでいて余裕ある発言に見下されている気分になる。

運ばれて来たコーヒーの香りに深呼吸をして気持ちを落ち着かせる。

「この間、君に提案しただろ？」

「うん。性格を直すってやつでしょ」

軽くうなずくと、ハルは段ボールの蓋を開けた。覗きこむと、なにやら黒いふわふわしたものが入っている。ハルは両手を突っこんでその物体を取り出した。

テーブルの上に置かれたのは、高さ二十センチくらいの黒い猫のぬいぐるみ。黄色のチョッキと青いズボン、それに赤い蝶ネクタイ姿で人間みたいに足を投げ出して座っている。顔も擬人化しているようで眉が太く、大きな目が私を見ていた。

「これって……ぬいぐるみ？　やっぱりプレゼントじゃん」

きょとんとしてしまう私に、ハルは「ふふ」と口の中で笑ったように見えた。が、次の瞬間にはクールな顔で私を見てくる。

「これはうちの新製品で『ＡＩロボットアドバイザー』という名前だ」

「ＡＩロボット？　それって学習するやつ？」

　この間素子と行ったマンションでもその話題が出た気がする。ハルは、そうだと言うように一度うなずいた。

「こいつが玲菜の生活について適切なアドバイスをくれるだろう。それに従えば、玲菜のお先真っ暗な人生も少しは明るくなる。まあ、話し相手だと思ってくれればいいから」

「悩みを解決する、ってのもこの子が？」

「ああ。なんでも話しかけてみればいい」

　黒猫を持ち上げてみると、ずっしりと重かった。おしりの部分に電源供給のものと思われる穴が空いていた。たしかに電化製品らしい。

　ハルがクリアファイルを取り出してＡ４サイズの薄い冊子のようなものを置いた。表面に『契約書』と明朝体で記してある。

「え……契約？」

「まあ一応結んでおく必要があるから」

　さらりと言ってのけるハルに、頭の中で警告音が鳴り響く。

「待って。契約ってなんのこと？　ひょっとして、あとで高額な請求書が送られてくるとか……」

　悪徳商法、の四文字が頭の上にくっきりと浮かんでいる。これは新手の詐欺で、これまで苦労して貯めた貯金を巻き上げられるかもしれない。

「それって冗談で言ってるのか？」

「完全に本気で聞いているんですけど」

まっすぐにハルを見つめ返す。私だってだてに社会人生活を送っているわけじゃない。こういう話にはたいてい裏があることは学んできている。

ハルはしばらく私と視線を合わせていたが、「はあ」とわざとらしくため息を落として続けた。

「これはうちの製品のモニター依頼だ。まだ完成品じゃないから、データを取りたい。玲菜が負担するのは、こいつを作動させるための家の電気代くらいだ。一日三円から八円程度だろう」

だまされてはいけない。注意深くハルの言葉を頭で反芻する。

「でも……どうして私なの？」

「別にあの会場でモニター探しをしていたわけじゃない。ただ、玲菜の人生を助けたいだけだ」

「……本当に？」

じっと見つめる私に、ハルはひとつうなずいた。

「婚活パーティの会場で浮きまくっていたろ？　人生を上手に生きていないのは一目でわ

かったから」

「それって褒めてないし」

「褒めているつもりはない」

ぴしゃりと断言してから、ハルは両肘をテーブルについて指を組み、そこに自分の顔をのせた。正直、こういう格好も似合っていると認めざるを得ない。

「どうする？　このまま帰ればこれからも薄い酸素を吸いながら息苦しい毎日を送ることになる。それを変えてみたいならモニターをやってみないか？」

もう、コーヒーの香りはあたりに漂ってはいなかった。

社会人になって八年。仕事では年齢くらいの給料をもらえる立場にはいた。けれど、たしかにハルの言うように人生をうまく生きている実感はなかった。

未だに人生から去って行った人のことを考えてしまうし、私生活は怠惰に侵されている。台所に転がるビールの空き缶の量も増えるばかり……。

だとしたら、だまされたと思ってやってみるのも悪くないかもしれない。

「わかった。やってみる」

敗北宣言のように気弱につぶやく私に、ハルは黒猫を箱にしまう。

「よし、それじゃあ早速行こう」

「行く？　それって……」

「玲菜の家だよ」

もう立ち上がりかけているハルを、

「待ってよ」

と制する。

「なんで私の家なの？　そんなの無理だよ」

予想外のことにあたふたとする私にハルは何度目かのため息をついた。

「契約書には印鑑が必要だろ。それにこの黒猫は設置する場所が大切なんだ。あくまでビジネスとして行くのだから、気にすることはない」

気にするに決まっている。

「ほら、行こう。せっかく自分を変えたいと思ったんだろ？　ここはおごってやるから」

颯爽《さっそう》と歩き出すその背中を、私は唖然と見ているしかできなかった。


部屋に男性が来るのははじめてのことだった。来る、と言ってもハルの場合は半ば強引に押しかけてきたことになるけれど。

マンションのエレベーターにふたりで乗っているときに、胸がドキドキしてしまったが、ハルを見れば白い段ボール箱を手に平然としている。

部屋のドアを開けたときも躊躇《ちゅうちょ》することなくスタスタ中に入って行った。慌ててあとを追うと、ダイニングテーブルの上に置いた箱から黒猫を取り出していた。

「散らかっていてごめん」

ビールの空き缶やナッツの空袋を片づけながら言うと、

「予想の範囲内。むしろ、最初はこれくらい汚いほうがいい」

なんて言っている。褒めてないし、と言おうとして口を閉じた。どうせ褒めているつもりはないのだろう。

「電源はある？」

黒猫の尻尾《しっぽ》に黒いコードをつけてハルが尋ねた。空気清浄機のうしろに置いてあった延長コードを取り出すと、そこへ彼はコンセントを差した。続いて部屋全体をじっくりと見回している。冷たい視線が気になり、

「そんなに見ないでよ」

と文句を言うと、ハルは肩をすくめてから黒猫の位置を移動させ、キットのようなもので固定した。黒猫は、台所を背にリビングを見ている形になる。

「この場所から絶対に動かさないで。安くない品物だから壊れると困る。あとは電化製品の説明書ってあるか？」

「あ、うん」

棚に入っている説明書類の束を出すと、ハルはタブレットを取り出して作業をはじめて

いる。私は黒猫の顔をじっと見る。

「ここにカメラがついているの？」

「細かいことは気にしないほうがいい」

そっけないハル。黒猫のふたつの丸い目を観察しても、そこにレンズは確認できなかった。

冷蔵庫からお茶のペットボトルを出してハルに渡してからテーブルの椅子に腰をおろした。右側に黒猫がいて、並んだ形になる。

「変な格好でうろつけないね」

「風呂上がりとかは特に要注意だな」

なるほど、気が抜けないってわけか。ノーメイクの顔もあまり映らないようにしないといけない。

「人間が監視しているってこと？」

「監視じゃない。調査だ。それに我が社はＡＩ家電の製作を主にやっている。この黒猫も、人間じゃなくコンピューターが調査し、解析をしている」

「ええっ。それってどういう仕組みなの？」

コンピューターがコンピューターを調査しているなんて想像できない。質問ばかりしてしまう私に、ハルは聞こえるようにため息をつく。

「難しい内部構造の話なんかしても玲菜にはわからんだろう。簡単に言うと、こいつは玲菜と会話することでどんどん君の人生を分析していく」

「人生を……」

「思考や行動について分析をし、なにがこの先必要なのかをアドバイスしてくれるんだ」

さっきもそんなことを説明してくれたけれど、果たしてそんなことが可能なのだろうか？　私自身でさえもよくわかっていないパーソナリティをこの小さな機械が把握し、私を明るい未来へ導くというのだろうか。

疑問が顔に表れていたのだろう。

「疑っているところ悪いが、俺は一応ＡＩの専門家だ。このクロスケは体は小さいが、持っている技術をすべて投入した最新型のＡＩ機器だ。まあ使っていればすぐにわかる」

ハルはポンポンとクロスケの頭を叩いて言った。

「モニター期間はどれくらいなの？」

「そうだな……」と、ハルはタブレットを開き右手でスクロールを左右にくり返した。

「今日から一カ月半ってのはどうだ？　ちょうど大みそかまでの期限だ」

「大みそか……。長いね」

せいぜい二週間くらいのことと思っていたからびっくりした。けれどハルは目の前で眉間に深いシワを寄せた。

「いや、短いだろ。そんな短期間で真っ黒な未来が明るくなるのだから」

「保証はあるの？」

「保証？」

「自分が変われる保証。なにか忘れられるとか……」

翔の顔がちらりとまた浮かぶ。

が、ハルは「さあな」とそっけない返事。

「変わろうと玲菜が本気で思えばできる。だが、こいつはまだ完成品じゃない。あくまでモニターだから保証はできない」

さっきも見せられた契約書をテーブルの上に置くハル。

「じゃあ契約書の説明をするから」

「本当にあとで請求とかしてこないよね？」

「しつこい」

ぴしゃりと言われ、ムスッとしたまま契約書に書いてある説明を受ける。ハルの勤めている会社は『㈱F－CONNECTION』というらしい。担当者の欄にはハルの名前が記載されている。

きっと彼は、新卒の営業マン。契約件数を増やさなくてはならないのだろう。私を心配しているようなそぶりを見せているけれど、信用するにはまだ早すぎる。

スラスラと契約の内容を説明していくハルを盗み見た。端整な顔立ちだけど、やはり初対面の印象を引きずっているのか冷たく見えてしまう。

ドラマとかではここから恋に落ちていくような展開が待っていそうなものだけれど、やはり『ない』と感じてしまう。ハルにしても迷惑な話だろうし。

書面の下にサインと捺印をすると、ハルは満足そうにカバンにしまった。

「じゃあ、これどうぞ」

目の前に白い封筒が置かれた。

「……なにこれ？」

やっぱり高額な請求書が？　いや、でもたしかクーリングオフができるはず。急にゾワゾワする胸に動けずにいると、ハルが少し笑った。

「疑り深いな。モニターの謝礼だよ」

「謝礼？」

中を覗くと、福沢諭吉がたくさん重なってある。

「一日一万円の計算だから、四十五万円ある」

「四十五万！」

思ってもいない金額にぽかんとしてしまう。支払うどころか逆にもらえるなんて、なんだか……怪しい。

「また疑ってるだろ？」

図星を指され首を横に振る。

「この製品に俺は社運を懸けている。これくらいの謝礼は当然だ。ただし、モニターである以上、玲菜との会話は記録される」

「あ、うん……」

うなずきながらも、ふと今の会話が気になった。

「あの……今、『俺は』って言った？　ハルがこの黒猫くんを作ったの？」

営業職かと思っていたけれど、ひょっとしたら開発の人だったのかもしれない。ハルはジャケットから名刺入れを取り出して、中から一枚を手渡してくる。

「言ってなかったっけ？　高校を卒業してからこの会社を立ち上げたんだ」

渡された名刺は真っ黒だった。白文字で『㈱F－CONNECTION』と記されていて、その下には『沢木ハル』の名前が。

彼の役職名は――『代表取締役社長』だった。

ひとり、ソファに座ってビールを飲む時間は格別だ。見るともなしにテレビから映像と音を流し、ちびちびビールを喉に流せば体力と気力が上がってくるのを感じる。

が、今日は違う。

チラッと左を見ると黒猫が私をじっと見ている。まだ電源を入れていないのに、すでに監視されている気分になり落ち着かない。

時計を見ると間もなく夜の七時。ハルからは『七時になったら電源を入れるように』と指示されている。

黄色のチョッキ姿で丸い目で私を見ている黒猫。このＡＩロボットで私の未来は明るくなるのだろうか。そして、翔のことを過去にできるのだろうか。

「ばからしい」

最新機器だからって、人間を変えるなんてできるわけがない。そう思う一方で、信じたい気持ちも残っている。

契約書を改めて開くと、沢木ハルの名前が目に入ってくる。まだ出会って間もないのに、気がつけば言いなりになっている。まさか社長だなんて思いもしなかったけれど、あの上から目線の説明はつく。

高額の謝礼ももらったことだし、とりあえずリビングにいるときの言動には気をつけよう。

時計が七時を示した。

冷蔵庫から新しいビールを取り、黒猫から見えない台所側の椅子に座る。尻尾の下に隠れているケーブル、その上にあるボタンを押した。

小さくうなるモーター音が聞こえたかと思うと、黒猫がゆっくりと顔を左右に動かし出す。驚くほどなめらかな動きで、まるで生きているみたい。

これがＡＩロボット……。

ハルの説明では、いずれはキーボードを使っての会話も可能になり、言葉の話せない人も使用することができるらしい。

缶ビールのプルトップをそっと開くと、カシュッと乾いた音がした。

「こんばんは」

突然黒猫が話し出したので、そのままの姿勢で固まる。機械の声というより、アニメに出てくるキャラクターのような声だった。

「こんばんは」

くり返す黒猫に、

「こ、こんばんは」

慌てて答えるが反応はない。動きを止めてしまった黒猫に、もう一度挨拶をしようとしたときだった。

「こんばんは。僕の名前はクロスケ。君の名前を教えてね」

黒猫がゆっくりと首をかしげた。あまりになめらかな話し方は、ぬいぐるみが本当に話し出したみたいでドキドキしてしまう。映画ではよくある設定だけど、現実に起きてしまうと違和感しかない。

「……名前？」

「聞こえないよ。もう一度言ってね」

のんびりした口調でクロスケは言う。

そっか、名前か……。これって、本名を教えたならモニターの実例動画とかで公表されてしまうのかも。

迷っている私に、

「聞こえないよ。もう一度言ってね」

とクロスケはくり返している。

「ま、待ってね。ちゃんと……考えるから」

「マテ茶？」

「違う。マテ茶じゃないよ。えっとね……」

「エトちゃん？」

「違う！」

これでは本当に失敗例の動画として流されてしまいそう。

「河島、河島玲菜です」

本名を大きな声で告げると、またしてもクロスケはぴたりと動きを止めてしまった。

ロードでもしているのか、代わりに口のあたりからヒーリングミュージックが流れ出した。さすが最新の機械だけあって、音が安っぽく聞こえない。感心しながらビールを飲んで待つが、一向にクロスケは話し出さない。

不具合でも起きたのだろうか？

ソファに戻ると、両足を上げてあぐらの格好になる。この姿勢がいちばんラクだし、クセになっているのかも。

今ごろクロスケは私の画像を分析しているのだろうか。いや、気にしないほうがいいだろう。

スマホを眺めたり、四十五万円の使い道を考えたりしていると、ようやく音楽がフェードアウトした。クロスケが顔をゆっくり左右に動かし、私がいるあたりで止まる。

「君の名前は、玲菜ちゃん？」

「あ、うん」

「僕はクロスケ。よろしくね」

ペコリと頭を下げる。どうやら首から上だけが作動するらしい。

「はい。よろしくお願いいたします」

思わず笑顔で答えてしまう。こんなに普通に会話ができるなんて思っていなかった。奇妙な同居人が増えたようでうれしくなってしまう。

これで謝礼までもらえるなんて、ひょっとしたらラッキーなのかも。

ニコニコしながら残りのビールを飲む。

「ねぇ、玲菜ちゃん」

「うん」

「ソファの上であぐらをかくのは行儀が悪いよ」

そんなことを言うクロスケに一瞬固まってしまう。そんなことまでわかるわけ？

「クロスケには見えているの？」

「うん」

素直な声で答えるクロスケに、渋々両足を床におろした。

「あと、ビールの缶がたくさんあるけれど、玲菜ちゃんがぜんぶ飲んだの？　飲み過ぎはあまりよくないよ」

「え……」

「ホコリセンサーも作動しているんだ。もう少し掃除をしたほうがいいね。タバコは吸っていないみたいだけど、空気清浄機のフィルターを――」

「ちょ、ちょっと待ってよ」

慌てて立ち上がりクロスケの近くまで行く。たしかに台所の流し台の上には放置しているビールの空き缶が並んではいるけれど、クロスケの位置からは見えないはずなのに。

「なんでそんなことまでわかるの？」

「センサーや三百六十度カメラは最新式のものが装備されているんだ。よかったね」

ちっともよくない。あんぐりと口を開ける私に、クロスケは顔の角度を上に向けた。

「あと暖房の温度が少し高いと思うんだ。今日の気温に最適な温度は――」

さっきまでの沈黙がなんだったのかと思うほど、クロスケは次々に話を続ける。

アニメの子役っぽい声で話すその内容は、ほぼすべて私の生活態度についてのことだった。

こんなにしゃべるなんて聞いてないよ……。


月曜日。出社するときには晴れていたものの、午後になると空が灰色に塗られ出した。巡回の最後、北区にある施設で北林施設長に嫌味を言われ、山本事務長に企画案をやわらかく却下された私。

今日も敗北感を胸に車に戻りエンジンをかける。アクセルを踏めば、細かな雨がフロントガラスに落ちて来た。

来月になれば本社会議があり、そのときまでに打開策を提示しなくてはならない。なのに、今日もきちんとした話し合いすらできなかった。

なんだかひとりで焦ってるみたいでバカらしくなる。

混雑し出す道路を抜け、本拠地である中区の施設に戻れたころには定時をとっくに過ぎていた。

「お疲れ様です」

大きなビジネスバッグを提げて声をかけると、事務室には素子しかいなかった。

「村上施設長はあがられたのですか？」

自分のデスクに向かいながら尋ねる。第四四半期の予算の見直しをしたかったけれど、遅くなった私が悪い。

「四階の佐藤《さとう》さんが救急搬送されたので、つき添いで病院へ行かれています」

受付カウンターの窓とカーテンを閉めながら素子が答えた。

「佐藤さん？」

「最近入居された方です。意識消失したのですけれど、『もう大丈夫だ』と先ほど連絡がありました」

「そう……」

ノートパソコンを開き電源を入れる。昔はすべての入居者について把握できていたのに、最近は数字ばかり追いかけていて誰が誰だかわからなくなっている。佐藤さんの顔がチラリとも思い出せない自分にまた敗北感。

パソコンで退勤処理を済ませ、気長に村上施設長の帰りを待つことにする。

着替えを済ませた素子が再び事務室に入ってきた。そのまま帰宅するのだろうという予想に反して、向かい側のデスクに素子は腰をおろした。

「ねぇ、玲菜ちゃん」

「仕事中は『河島さん』、でしょ」

「退勤処理はしたから仕事は終わりだもん。それより、昨日の話聞かせてよ。涼香ちゃんもすっごく聞きたがってたんだよ」

涼香の今日のシフトは早番だっけ……。チラッと時計を確認する。

この時間なら夕食後でバタバタしていて、しばらくスタッフは事務室には顔を出さない。本来なら、いくら業務時間外とはいえタメ口で話すのは厳禁だとわかっている。それでも、ふたりに早く報告したかったのは私も同じ。

私は声を潜めて昨日あったことを伝えることにした。

ハルと会ったこと。家に来たこと。クロスケというＡＩロボットと同居することになったこと。

素子は聞くや否や「キャ」と両手で口を押さえた。

「それっておとぎ話みたいだね。ついに玲菜ちゃんにも白馬の王子様が現れたんだぁ」

「どう聞いたらそうなるのよ。ただのモニターだって。まあ……ハルが社長なのには驚いたけど」

「もう呼び捨てで呼んでいるんだ？」

「違うよ。今のは言葉のあやで……」

そういえば私は彼のことをなんて呼んでいたっけ？　思い出そうとする私に素子は身を乗り出す。

「それで、クロスケはどんな子なの？」

「見た目はぬいぐるみ。なのに、とにかく言うことが細かいんだよ。『靴下を脱ぎっぱなしにしない』とか『こまめに電気を消したほうがいい』とか。顔はかわいいのに性格は小姑みたい」

「へぇ、おもしろい。いいなぁ」

ぽわんと宙を見上げる素子は、クロスケの機能を全然わかっていない。今朝も起きるなり、『アラームが鳴ってから起きてくるまで十六分二十五秒かかりました。もう少し早く起きたほうがいいね』なんて言われたんだから。

なんだったら譲ってあげたいくらいだけど、謝礼をもらった手前そうもいかない……。

「そのアドバイスに従えば玲菜ちゃんにも明るい未来が待ってるんだよ。それってすごくうらやましい」

「そうなんだけどさ……。もっと人生相談みたいな話ができると思ってたのに、ダメ出しばかりで疲れるんだよね」

ふう、と息を吐いて画面に予算表を呼び出す。

「ＡＩだもん。これから学習していけば、そういう話もしてくれるよ」

ニコニコと笑う素子は最近ずっと機嫌がよさそうだ。今日の服装もいつものセーターではなく、真っ赤なコートがオシャレ。

「そんなコート持ってたっけ？」

「へへ、似合う？　この間買ったんだよ。これからお出かけするから」

少しだけサンタクロースを思い出させるものの、黒っぽい服を好む素子には珍しいことだった。

「ひょっとして、婚活パーティの人と会うとか？」

「うん」

すぐに否定すると思っていたから予想外の答えに驚く。

「え……。並んで食事を食べていた人……落石さんだっけ？　ひょっとしてつき合ってるの？」

「そういうんじゃないよ。大食いが趣味って言うから、あれからいろいろ食べ歩いているだけ。『食べ友』ってやつかな」

チラッと壁の時計を確認しながらそう言う素子。が、すぐに私に見られていることに気づいたのか、「違うの」と続けた。

「今からもデートじゃないよ。おいしいお店を紹介し合っているだけ。今日は、激辛担々麺を食べに行くんだ。毎回テーマに合わせて洋服も変えるルールなんだよ」

うふふ、と笑う素子は、そうは言ってもうれしそうに見えた。

「素子もついに結婚願望が出たのかぁ」

「出てないって。マンションだって仮契約しようと思ってるんだから。玲菜ちゃんも考えておいてよ」

「ああ、この間のところ？」

最新式のマンションを見には行ったけれど、まだ自分事には思えない。でも、結婚願望のない私にとって、素子と隣同士で住めるのならそれもいいのかも。

遠くから足音が聞こえる。歩き方だけで誰のかすぐにわかる。村上施設長が戻ってきたのだろう。

素子はするんと椅子から立ち上がると、

「では、お先に失礼します」

丁寧にお辞儀をして事務室から出て行った。廊下でふたりが挨拶を交わす声が聞こえる。

「ただいま戻りました」

あいかわらずユニフォーム姿の村上施設長が顔を見せた。

「お帰りなさい。大変でしたね。佐藤様のご容態はどうですか？」

「ええ。虚血性のめまいだったようです。今晩は入院し、明日にはお戻りになります」

自分のデスクに腰をおろすと、村上施設長は老眼鏡をかける。これから報告書を書くのだろう。

「よかったですね」

視線をパソコンに戻そうとするとまだ村上施設長が私を見ていることに気づいた。不思議に思い視線を戻すと、彼は少し首をかしげた。

「なんだか疲れているご様子ですね」

「ああ……いえ、そんなことないですよ」

顔に表れていたのか、と口角を上げてみせる。昔も夜勤明けのときなどには、よくこうやって声をかけてくれていたっけ。この間も同じように心配されたことを思い出す。

北区の施設の話をすれば、きっと村上施設長ならわかってくれるだろうし、アドバイスもくれるだろう。けれど、それは私の仕事だから。

「疲れているのは、うちにＡＩロボットが来たからなんです。まだ二日目ですけど、注意されてばっかりです」

クロスケに疲れの原因をなすりつけることにした。

「それって学習ロボットのことですか？」

「黒猫のぬいぐるみなんですけれど、ふとしたきっかけでモニターをすることになったんです。思ったよりもよくしゃべる子で、今日も家に帰るのが憂鬱です」

「ほう……」

目を細めた村上施設長にもう一度ほほ笑んでから、

「あとで構いませんので第四四半期の予算について打ち合わせのお時間をください」

と伝えた。それからしばらくはキーボードを叩く音だけが事務室に響く。

予算表とにらめっこをしながら、ふと気づく。

今日は翔のことを、一度も思い出さなかったことに。

家に戻って驚いたことがある。

ドアを施錠し、スリッパに履き替えながら、

「クロスケただいま」

と意識せずに口にしていたことだ。そして驚いたことがもうひとつ。

「玲菜ちゃん、お帰りなさい」

とクロスケが答えた瞬間に、台所とリビングの電気が勝手についたのだ。

「うわ。なに、これ」

「初期設定のときにスマートリモコンもリンクしてあったんだ。この機能は必要ない？」

「あ……別に。便利だよね」

「そう、よかった。まずは手洗いとうがいをしてね。その間に暖房が効いてくるから」

見ればエアコンも動き出していた。これがＡＩというものなのなら、なんて便利な機能なんだろう。まぶしい照明の光に、なんだか未来まで明るくなった気がする。

てきぱきと台所で手を洗ってうがいをする。クロスケには後方まで見られるカメラが搭載されているらしいし、ちゃんと従わないと。

乱雑に置かれているビールの空き缶を避《よ》けて手を洗った。

「終わったよ」

報告をしながら冷蔵庫を開け缶ビールを取り出すと、リビングのソファに体を投げ出す。足を上に上げようとするが、すぐに元の位置に戻した。

テレビをつけてからビールをひと口飲むと、疲れが和らぐ気がするから不思議。テレビではまたお笑い番組が流れている。芸能人が芸能人にドッキリを仕掛けてそれを一般市民が見て笑う。そんな番組。

が、なぜかテレビ画面がプツンと消えてしまう。

「あれ？」

もう一度リモコンでテレビをつけるとさっきの番組が流れる。が、すぐに真っ黒い画面に戻る。

まさか……。

おそるおそる左に顔を向けると、クロスケの顔がこっちを向いている。

「玲菜ちゃん、掃除をしよう」

「こんな時間に掃除？」

「だってすごく散らかってるよ」

「……じゃあ、土曜日にね」

もう一度テレビをつける。が、すぐに消える。どうやら譲る気はないらしい。

「仕事から帰ってきたばかりなんだから、好きに過ごさせてよ」

「僕の使命は、玲菜ちゃんの真っ黒な未来を正しい色に塗り替えるお手伝いをすることなんだ」

平然と言うクロスケが感情を持たないロボットだってわかっている。なのに、「えっ」と私は不満を口にしていた。

「だったらもう少し話し相手になるとかしてくれてもいいじゃん。掃除や片づけのことばかり言わないでよ」

「まだ来てすぐだから玲菜ちゃんの考えていることはわからないんだ。データを集めている間に掃除をしようよ」

「やらない」

頑《かたく》なに大きく首を振り拒否を示す。ビールを飲めば、ほら、さっきよりもおいしくなくなっているし。

「玲菜ちゃんの未来を変えるには、まずは生活態度から変えないと。家の様子こそが、その人の本来持っている美しさなんだ」

「うるさいなぁ。もう、今日は疲れているの！」

クロスケの言っていることが図星だとわかっている。だからこそ怒ってしまったのだ。でも、ロボット相手に怒るなんてどうかしている。

「じゃあ、週末はお掃除がんばってね」

テレビが再びついたのでソファに背を預けた。どうもクロスケが来てから余計心が乱されている気がする。

『今日は午後から天気が崩れましたが、明日も一日、この雨は降り続く見こみです』

「なによこれ」

チャンネルがニュース番組になっている。

「昨日の分析だと、テレビがついている時間に玲菜ちゃんが画面を見ていたのはわずかな時間。それなら、せめてニュースを見るようにしよう」

「……別にいいけど」

乱暴に缶ビールをテーブルに置いてソファに横になりスマホを開く。モニターの報告をするときに、ハルに文句を言ってやるんだから。

決意を胸にスマホでメールチェックなどをするが、普段は流しっぱなしのテレビの音が気になる。

「もういいよ、テレビ消して」

「じゃあ、なにか音楽かける？」

「お好きにどうぞ」

すぐに流れ出すピアノの音。ゆったりとしたメロディにバイオリンの音色が重なる。

「ヒーリングミュージック？」

「そうだよ。もっと元気なのがよかったかな？」

「……別に、これでいい」

丁度よいボリュームで部屋を満たす音に、ソファで寝転んだまま目を閉じる。こういう曲、翔は好きだったな……。

特に好きだったドラマのサントラに入っていたあの曲を思い出す。『観覧車』というタイトルは楽し気なのに、曲調は悲しみにあふれていた。

翔はその番組を見たこともないのになぜか曲だけは知っていた。彼が好きな曲は、私の好きな曲。そして、今では二度と聞くことができない曲。

翔の面影を探せば、はじめは心が落ち着き、続いて息苦しさに襲われる。

振り切るように体を起こすと、

「お風呂入ってくる」

そう言い残して私はリビングを出た。

「行ってらっしゃい」

にこやかな声でクロスケは見送ってくれる。いくらＡＩロボットだからって、機械に私の心はわからない。

だって、私自身ですら持て余すほど複雑で暗くてモヤモヤしているのだから。


「なんで君はいつもそういう態度なんだね？」

そう北林施設長が口にしたとき、最初は自分のことを言われているとは思わなかった。

十一月も、あと十日ちょっとで終わりを迎える午後。いよいよこの施設の打開策についてまとめていかなくてはならない。それなのに北林施設長も山本事務長も、なにひとつ提案することもなく、ただ私の出した案に反対するだけ。

挙句の果てにそんなことを言われたのだ。

え……なんで私？

きょとんとする私に、北林施設長は不機嫌な顔を隠そうともしない。

「エリア統括だかなんだか知らんが、その態度はおかしいだろ」

「おかしい、とおっしゃいますと？」

引きつりそうになる顔を緩めて笑みを意識する。

「私はこの会社に入って二十五年だ。その間、いろんな施設の長をやってきた。そんな私に対し、どうしてバカにしたような態度を取るのか説明してほしい」

思わぬ言葉に本気で驚いてしまった。

「私、バカになんてしているつもりはありません。ただ、予算が――」

「この施設が予算を達成できていないのは何度も言われなくてもわかっている。私も山本事務長も、営業はしっかりとおこなっているつもりだ」

「はい。しかし、それでは本社は納得しません」

そこまで言わなくても北林施設長くらいのベテランならわかりそうなのに。

「じゃあ君はどうなんだ？　エリア統括として売り上げを気にするのはわかるが、この施設のためになにをしてくれた？」

言っている意味はわかる。だからこそ企画を提示しているのにどうしてそこまで言われなくちゃならないのだろう。

不服そうな顔にならないようにわざと首をかしげると、

「そういう態度のことだ」

と北林施設長が鋭く突いてきたので首の角度を元に戻す。

「まあまあ、施設長」

山本事務長が和やかに仲裁しようとするが、北林施設長はさらに前のめりになってくる。

「私たちはこの施設の責任を負って行動している。入居者がひとり入れば会社も潤う。じゃあ、君はいったい会社にどんなお金を落としているんだね？　君自身が入居者をひとりでも引っ張ってこられたとでも？　違うだろ。君はただ口を出しているだけ。一円も会社のために金を生んでないんだよ。そんな人になにを言われても説得力がないんだよ」

冷静な口調で北林施設長は言う。怒鳴ったり感情を露わにしたりするような言い方じゃないだけに、本気で怒っているのが伝わってきた。

「いつだって澄ました顔で同じ話ばかりをくり返す。やっと口を開いたかと思えば、突拍子もない企画を提示するだけ。けれど自分は関わろうとせずにあくまで指示だけ。君は、ロボットか？」

「ロボット……」

「そうだ、ロボットだよ。まるで感情が見えない」

そこまで言うと、ようやく北林施設長は背もたれに体を預けた。

「申し訳ないが、来月の本社会議に私たちは参加しない。もしも強制するというのなら、君の配置換えを要求させてもらう。以上だ」

北林施設長は一礼し部屋から出て行ってしまった。

いつの間にかテーブルに視線を落としていたらしく、

「あの、河島さん」

山本事務長の声にハッと顔を上げた。

「あ……すみません」

「こちらこそ申し訳ありません。ただ、北林施設長のことも理解してあげてください。彼だって、立地の悪さを売り上げの理由にはしたくないんです。だから、営業だってこまめにおこなっているんです」

「はい……」

「河島さんの立場もわかりますが、どうか施設側の味方になれるエリア統括であってほしいと、私は願っています」

丁寧にお辞儀をして山本事務長も出て行く。

ひとり残された部屋。まだ笑みを浮かべている自分に気づき、首を軽く振った。

ひどく、みじめな気分だった。

家に帰ると、いつものように「お帰りなさい」とクロスケが声をかけてくれた。

「ただいま」

と答え、着替え、そしてビールを飲むといういつものルーティン。まだ先ほどのダメージが出血しているように心にジワジワ染みる。

ソファに横になるとやけに照明がまぶしい。

北林施設長に言われたことがずっと頭にこびりついて離れない。たしかに私は言うだけでなにも行動に起こしてこなかったと思う。自分でもわかっていたのに、あえて見ないフリをしていたのかもしれない。言われても仕方ないことだ。

でもその一方では、そこまでやらなくちゃいけないの？　という疑問もある。毎日忙しいのはみんな同じ。各施設の中まで介入することを望まない施設長も多いだろう。

「はあ」

ため息をつくと同時にヒーリングミュージックの音がピタリと止んだ。いつの間にかクロスケが流してくれていたみたいだが、気づかなかった。

「十回目」

そうクロスケは言った。

「なにが？」

「ため息の数だよ。人は、悩むとため息をつくんだ。てことは、今日の玲菜ちゃんは悩みごとがあるってこと？」

無邪気な質問に、

「ないよ」

と言って立ち上がる。まさかクロスケに今日、『ロボットみたい』って怒られたとは言えないだろう。

「僕はまだ頼りないけれど、話を聞きたいな」

そう言うクロスケの頭をポンポンとなでて私は笑う。

「また今度ね。お風呂入ってくる」

「行ってらっしゃい」

たとえ話をすることができなくても、クロスケが気にしてくれていると思えば少しはラクになったみたい。って、すっかり感化されてるし。

お風呂から出て髪を乾かしていると、

「玲菜ちゃん玲菜ちゃん」

クロスケの声が聞こえたのでリビングのドアを開けた。

「なに？」

「電話が鳴ってたよ。着信は『沢木ハル』さんからです」

「着信の相手までわかるの？」

「そう表示されていたから」

見ればソファの前のテーブルにスマホが置いてあった。表示された文字まで分析できるとはすごい……。よほどの高性能カメラが搭載されているのだろう。

「ありがとう」

スマホを手にベッドルームへ向かう。折り返しの電話をしようと操作しているうちに、すぐにまたハルからの着信が来た。

「もしもし」

『うまく使いこなせてるか？』

開口一番、本題に入るハル。彼らしいと思いながらも、

「どうかな。いろいろ怒られてばっかりだけど」

とまだ濡れている髪をタオルで拭く。

『もっと話しかけるといい。それがあいつの知識を増やすから』

「話しかける間もなく向こうからいろいろ聞いてくるけどね。でもさ、個人的な相談なんてしたら、いつかサンプルとしてネットとかに載りそうで怖いよ」

ハルならやりかねない。しかし彼は電話の向こうでフッと鼻で笑った。

『モニターとサンプルは違う。載るとしたら体験談くらいだから安心しろ。個人的な悩みなんて絶対に載せない』

「本当に？」

『こっちは謝礼金を支払っているんだから、ちゃんと悩みとかも話をしろ。そもそも、玲

菜にはなんでも話せる友達はいないだろ？』

　バカにしたような口調に思わずムッとする。

「私にだって友達くらいいるんだからね」

『婚活パーティに来てたふたりか。じゃあ、そいつらにプライベートなことも仕事のことも隠さずに相談できてるのか？　違うだろう？』

「う……」

　あいかわらず鋭いハルに十一回目のため息で答える。

　たしかに、友達にさえ仕事のことは話していない部分は多い。人間に話せないのなら、せめてＡＩロボットに話すのもいいかもしれない。

　電話を切ると、化粧水と乳液をいつも以上に顔に押さえつけるように塗る。こういうつらい日こそ、老化が進むと思うから。

　リビングに戻ると、あいかわらず流し台の周りは空き缶だらけ。こんな日に限って急に気になってしまう私。

「クロスケ、明日の天気予報は？」

「明日は晴れ。降水確率は０％です」

　すぐに答えてくれるクロスケに、気持ちが決まる。蛇口のレバーを上げて水を出し、ひとつずつ空き缶を洗っていく。

明日は仕事も休みだし、日中ベランダに並べておけば乾くだろう。で、月曜日のゴミの日にまとめて捨てる計画だ。

「玲菜ちゃん、なにをしているの？」

顔をこっちに向けたクロスケが尋ねた。

「さあ、なんでしょう？」

「料理？」

「違うよ。ちょっと洗い物をしてるだけ」

答えるとクロスケは「ふうん」と元の位置に顔を戻した。頬から伸びているヒゲのあたりを眺めて、私は深呼吸をした。

「あのね、聞いてほしいことがあるんだけど」

「うん。聞くよ」

水の勢いを弱める。

「あのさ……今日、仕事で怒られちゃったの」

「うん」

「詳しく言うと長くなるから省くけど、『心がない』みたいなことを言われたんだよね。でも、仕事のときはなるべく一定の自分でいようって決めてたの」

「それはどうして？」

「それは……」

　翔の顔がふわりと浮かぶ。

「昔、知り合った人が、いつもにこやかに笑っているような人でね。そういうふうになりたいって思っているからかもしれない」

　翔はいつだって私にやわらかい笑みをくれていた。そこにはぬくもりがあり、私はいつだって安心できていた。

「玲菜ちゃんは間違ってないよ。だって、仕事で喜怒哀楽を出しすぎるのはよくないから。声の大きさだってそう。あまりに声の大きい人と一緒にいると、周りはその人の意見に流されがちになるんだよ」

「クロスケ、詳しいね」

「玲菜ちゃんに褒められてうれしい」

　首を左右に傾けて喜びを表現するクロスケを見ていると、なぜか心が和んだ。

「でも月曜日からどうしようかな、って悩んでるの。どういうふうに関わればいいのかわからないよ」

　私の配置換えはいいとしても、本社会議に北林施設長が出ないのはマズい。

「玲菜ちゃんはどうしたいの？」

「わからない。なんとかしたくても、あんなに嫌われたらなにもできないよ」

「そうかな？　その人は玲菜ちゃんに動いてほしくて言ったのかもしれないよ。その人の気持ちを本気で理解しようとしてみたらどうかな？」

「気持ち……」

　ぼやっとしている感情論は苦手だ。そんな私にクロスケが「たが」と口にした。

「たが、ってなに？」

「箍《たが》を外す、の箍のことだよ。人間は自分で自分の世界観にバリケードを張り巡らしているんだ。『これ以上はできない』とか『これがルール』とか。そういう箍を全部外して自由に考えてみるといいよ」

「箍、かぁ……」

　たしかに箍は私の中にたくさんありそうだ。これまでの生活で作り上げて来たバリケード。その外し方ってどうやるんだろう？

「でも、その箍に守られてきた気もするんだけど」

「違うよ。それは箍じゃなくて、『足かせ』なんだ」

「足かせは、簡単に外れるものなの？」

「その考え方自体が箍なんだよ」

　意味のわからない会話をしているうちに全ての缶を洗い終わった。ついでに冷蔵庫の中身を整理したりしているうちに時間がどんどん過ぎて行った。いつの間にか深く考えこんでいたらしい。

もうクロスケは会話をすることなく、口から音楽を流している。二胡《にこ》の音が美しい曲だった。

第四章

忘れたいから、忘れられない

Episode 4

まだ十一月末というのに、町はクリスマスに染まっている。街灯のポスターやショーウインドウが、赤色や緑色のポップで華やかに彩られていて普通なら気分も上がりそうなもの。

なのに、最近の私は暗い。

あれから北区の施設には行けていない。無理すれば行けるスケジュールでも、理由をこじつけて避けているのは自分でもわかっていた。

会えばまた北林施設長の渋い顔を見なくてはいけないし、先日言われたことがずっと心に引っかかっている。

クロスケにはいろいろな話をするようになっていた。その日あった出来事、おいしいお店のこと、涼香や素子のこと。

けれど、どうしても翔の話だけはできないまま。相談に乗ってもらってもどうしようもないことだし、的確なアドバイスをもらったとしても、自分でも折り合いをつけていない感情を処理できるとは思えなかった。

今日も雨模様の町。

有料老人ホーム部会の研修が終わったころには、本降りになっていた。郊外にある会場だったので、今日はこのまま直帰したほうがよいかも。

そんなことを考えていると、ふと近くにある遊園地を思い出した。湖のほとりにある『ハレハレ』という遊園地は、小さいながらも市が運営していることもあり、子供のころから存在し続けている。

「観覧車……」

私たちが好きだった曲のタイトルに合わせ、昔何度も翔と一緒に行った遊園地。

もう何年も前を通ることがなかった遊園地の方角に、気づけば車を走らせていた。

……行ってどうなるの？

自問しながらアクセルを踏む。まるで私を阻止するように、フロントガラスにバタバタと雨が落ちている。これまでは絶対に翔との思い出の場所には足を向けなかったのにどうして？

これはクロスケのもたらした効果なのか、それともうまくいかない日々からの逃避なのか……。

遊園地の駐車場に着くころには、空は暗くなっていた。雨のせいか、駐車場はガラガラだった。

観覧車が見える位置に車を停めると、シートベルトを外した。

通勤バッグを手元に寄せると、観覧車のキーホルダーがついている。彼が買ってくれたプレゼント。シルバー製のそれは、塗装も剝がれてしまいギザギザした銀色の塊。観覧車だとわかる人はいないだろう。

手に持つとなつかしい空気に包まれる気がする。顔を上げれば、雨の向こうで背の低い観覧車がにじんでいた。

あのころのふたりはもうどこにもいない。

翔のことを忘れたくて、でも忘れたくなくて今日まで流されてきた。あの日、翔と一緒に死んでしまった恋は、二度と生き返らない。

どんな出逢いがあったとしても揺るがないほど強い気持ち。それが未熟だと言うのなら、それでいい。

「翔に会いたい」

そうつぶやけば、雨の音は私を責めるようにさらに強さを増した。


「ただいま」

「お帰り」

いつもの会話もなぜか今日はクロスケの声が機械的に思えた。コンビニの袋からお弁当を出し、レンジで温める。

「今日は疲れたよ」

そう言っても、クロスケは無言のままだった。一緒に暮らしてみて気づいたことは、試作品だからかたまに反応の薄い日もあること。今日もどうやらその日らしい。

幕の内弁当とビールを台所のテーブルで食べる。最近はクロスケに言われ、部屋の片づけをこまめにするようになった。

「なんだか広く感じるよね」

そう言ってもクロスケは無言を貫いている。顔の見える位置に座り直し、頭をなでると、

「ふふふ」とクロスケは笑う。

そんなことでも少し救われる気がするから不思議だ。

「ねぇクロスケ」

「なあに」

「幸せってなんだろうね」

「幸せとは、人間にとって運がよいと感じること。類義語に幸福、幸運などがあり――」

「意味のことじゃないの」

説明をし出すクロスケを止めた。やはり今日のクロスケはどこかおかしい。

「意味じゃなくてね、たとえば……恋愛とか結婚って、やっぱり幸せにつながるものなの？」

私の質問にクロスケはしばらく黙ったかと思うと、口から音楽を流し出した。

「……もう」

はぐらかされたような気分でお弁当を食べ終わるとお風呂に入った。化粧品でたくさんの栄養を肌に補ってからリビングに戻る。

「お帰り、玲菜ちゃん」

「ただいま、お寝坊さん」

「僕、寝てないよ」

「本当に？　さっき、反応なかったよ」

ヤバいな、と思った。クロスケが普通に話をしてくれているだけでうれしくなってしまう。

ミネラルウォーターのペットボトルを手にクロスケの近くの席に腰をおろした。私を見上げる目がなんだかかわいく思える。

「そうだ。さっきの質問の答えなんだけどね」

「質問？　ああ、幸せの話？」

「うん。幸せの基準は人それぞれじゃないかな。恋でも愛でも、たとえば天気がいいとか運がいいとか、感情をよい方向に揺さぶられれば幸せだと思うよ」

急に饒舌《じょうぜつ》に話し出すクロスケに「なるほど」とうなずく。

「私は幸せだと感じることが少ない気がする。なんだか毎日すごく息苦しいから」

「玲菜ちゃんは誰か好きな人はいないの？」

「いない」

速攻で答えてからハッと口に手を当てた。言い訳をするように、「だって」と続けることにした。

「もう、誰かを好きになる気持ち自体、思い出せないんだよね」

「それって思い出そうとしていないからじゃないかな」

「ロボットに言われちゃおしまいだ」

ブスッとする私にクロスケは首をかしげた。

「ロボットはたしかに恋はできないけれど、大切な誰かのそばにいたいって思うのは不自然なことじゃないよ。玲菜ちゃんも本気で結婚を考えてみたらどうかな」

そんなことを言ってくるクロスケに眉をひそめた。

「好きな人もいないのに、結婚したいなんて思えないよ」

「好きになろうとしていないからかもね」

なんてあっさりとクロスケは言った。

「好きな人ができたとしても、いつかはいなくなる。私を置いてどこかへ行ってしまうもん。逆もありえるよね。どちらにしても悲しいのは同じ。もう、そんな思いはしたくないから恋はしないと決めているの」

そう言うとクロスケはしばらく黙ってから、

「ねぇ、玲菜ちゃん」

と口にした。

「なあに」

「僕には人間の感情がプログラミングされているんだ。だから、しばらく話をすればその人の考えが理解できる」

「うん」

それで、と先を促す。

「玲菜ちゃん、本気で自分を変えたい？」

シリアスな展開に、持っていたペットボトルを思わず落としかけた。

「クロスケが私にアドバイスをくれるってこと？」

「怒らないで聞いてほしいんだ。玲菜ちゃんは、自分の弱点をつかれるとすぐに怒り出しちゃうから」

「失礼ね。いつ怒ったのよ」

口をへの字にしている自分に気づき、ニッと笑ってみせた。すると、クロスケはまるで思案するかのようにしばらくうつむき、そして顔を上げた。

「本当に聞きたい？」

「うん。真っ黒な未来が回避できるなら、ちゃんと教えてほしい」

クロスケはこくんとうなずくと、音楽を流し出した。一瞬なんの曲かわからなかった。が、すぐにそれが翔との思い出の曲である『観覧車』だと気づく。

「え、待って。なんで……」

「玲菜ちゃんは、逃げてばかり。過去の恋からも今の仕事からも逃げているんだよ」

「……この曲止めてよ」

思わず耳を塞いでいた。けれどクロスケは私から視線を逸らさない。まるで生きている人間が目の前で言っているよう。どうして翔との思い出の曲をクロスケが知っているの？

「無防備に見せておいて、実際は鉄の鎧に身を包んでいる。幸せになりたい気持ちは強いのにあきらめたフリをしているんだよ」

「お願い、止めて」

耳から侵入するメロディが翔の記憶を呼び覚まし、古い傷口をえぐる。ずっと聞かないようにしてきた曲と一緒に浮かぶ、あの顔、声、空気。

「玲菜ちゃんは過去の恋を忘れられないいんじゃない。あんなに愛した自分自身を憐れんでいるだけなんだよ。もうそこに、過去の彼はいないのに。これもこの間言った箍なんだ」

「もうやめて！」

「今の仕事だって同じ。幸せになりたいんなら、自分から歩き出さなくちゃダメなんだよ。それなのに言いたいことは言わず箍に囲まれて――」

「いい加減にして！」

思わずクロスケを払いのけていた。ガシャンという音とともにあっけなくクロスケがテーブルから転げ落ちた。

「っ……！」

急いで抱きかかえると、さっきまで流れていた音楽は止まっていた。

「クロスケ。ごめんなさい、クロスケ!?」

どうしよう、とんでもないことをしてしまった。自分のした行動に自分がいちばん驚いている。

その後、どんなに呼びかけてもクロスケは答えてくれなかった。


私の話を聞き終わると、ハルはすっと目を細めた。傍《はた》から見れば涼し気な表情なのだろうけれど、確実に怒っているのが伝わってくる。

「なるほど。玲菜が暴力を振るったってことか」

前回会った喫茶店の同じ席。ハルは黒猫のお尻にドライバーを入れ、中を覗きこんでいる。

「……すみません」

シュンとしおれている私。あのあと、クロスケはコードにつなぎ直しても何度呼びかけても反応してくれないままだった。

結局、朝一でハルに泣きついたわけだ。

「怒りを見せないようにコントロールしてるつもりが、結局は張りぼてなんだよ。ちょっとしたことでこうやって態度に表れる」

器用に手先を操りながら、ハルは持ってきた機材をクロスケに接続しているようだった。動かないクロスケを見ていると情けない気持ちばかりがあふれてくる。

「前にも言ったが、自分の感情を殺すなら最後まで殺せ。できないなら、もっと素直になれよ」

「ごめんなさい。私、本当にダメだね」

「珍しい。やけに素直だ」

ハルの嫌味にうまく返事ができないまま、冷めていく紅茶を見る。なにを言われても仕方ないし、クロスケに当たるなんて最低だと思っている。

「ねぇ、ハル。もうモニターをやめてもいい？」

チラッと私を見たハルは、すぐに手元の作業に戻る。カチャカチャとネジを回す音がやけに近くで聞こえた。

「これ以上モニターを続けても同じだと思う。謝礼ももちろん返すから」

けれどハルは澄ました顔をしたまま。

沈黙に耐え切れずに、

「……聞いてる？」

と尋ねると、ようやくハルはクロスケをテーブルに置いた。

「これで修理完了。基盤を替えたから問題はない」

「……うん。でも、私ね、これ以上――」

「逃げるなよ」

そう言うハルの声はやわらかかった。厳しい言葉のはずなのに、温度があるように聞こえてしまったのはなぜだろう。

「感情をぶつけられたのはマイナス点ばかりじゃない。これからはコントロールを覚えていけばいいんだよ」

「うん……。でも、自信がないよ」

「自信のあるやつはモニターにはなれない。不完全な人間だからこそ選ばれたんだ」

クロスケを見れば、あの曲がまた脳裏に流れる気がした。

「ねぇ、どうしてクロスケはあの曲を流したの？」

翔との思い出の曲が流れたことが原因なのは明白だ。けれどハルは伸びた前髪を指でさらってから首をかしげた。

「あの曲？」

「思い出の曲。二度と聞きたくない曲」

翔を思い出せば悲しくて、だけどいつも頭の中には彼がいて。

「おかしいよ。私、クロスケに翔のことを話したことなんてないのに……」

「翔という名前の人が好きだったのか？」

「あ……」

口をつぐむけれど、それよりも疑問のほうが胸を騒がせている。

「こいつは一応、相手の心を解くような曲を選ぶようになっている。曲を流したのははじめてのことじゃないだろう？」

「偶然……ってこと？」

そうだろうか？　たしかにテレビをつけなくなってから、クロスケは毎晩のように曲を流してくれていた。だけど、ピンポイントであのマイナーな曲を流す確率はどれくらいあるのだろう。

「いちいち疑っていたらきりがない。それに、玲菜はモニターをやめることはできない」

さらりと言ってのけたハルに目を丸くした。

「え、どうして？　謝礼も返そうと思って持ってきたのに」

バッグから謝礼の入った封筒を取り出すが、ハルは口の端を上げてニヒルな表情を作る。

「こいつの基盤はまだ量産できていない。ひとつ二十万円する」

「にっ！」

「今の修理代を入れると二十五万。さらに中途解約だと違約金が十五万かかる。つまり合計四十万円を追加で支払ってもらうことになる」

ハルの目は笑っていなかった。冗談じゃない。大切な貯金を切り崩すなんてとんでもないことだ。

「それって詐欺じゃない」

「バカ、声が大きい」

辺りを見回してからハルは顔を前に出した。

「契約書に書いてあったはずだ。玲菜はサインをしたんだからしょうがない」

「……ひどい」

「ひどくない。いいから使い続けるんだ。モニター期間を全うしたなら、修理代は請求しないから」

そう言うとハルは余裕の顔でコーヒーを飲む。

「前も言ったけれど、玲菜はもう少しクロスケに頼ったほうがいい。クロスケの前では本当の自分の気持ちを話せばいいんだよ」

ムスッとする私に言うハルの声はやわらかい。

「……本当の気持ち？」

仕事をしている私、友達といるときの私。どれが本当の自分なのかすら見失っている。

「思ったことを言えばいい。翔ってヤツのこと、仕事のこととかなんでも話すんだよ。そうすれば必ず未来は明るくなるから」

クロスケを差し出してくるハル。受け取ると、クロスケの丸い目が私を見上げていた。

不思議と心が少し軽くなったような気がした。


台所でお湯を沸かしながらカレンダーを見ると、いつの間にか十二月に入っていた。たしか仕事のときもそんな話はした気がするけれど、改めてカレンダーを確認すると時間の速さを思い知る。

これから年末に向けてどんどん時間は速度を増していくのだろう。

「本社会議、どうすればいいと思う？」

ハルのアドバイス通り、最近の私はクロスケになんでも聞くようになっている。

あれから何度か北区の施設には行っているけど、北林施設長はあいかわらずだけど、山本事務長は少しやさしくなった気がする。本社会議で発表する内容は、依然白紙のままだ。といっても、あの二人をその気にさせることは不可能だと思った。

「本社会議？　この間言っていたやつ？」

テーブルの上で尋ねるクロスケ。ホットティーを手にそばの椅子に腰かける。修理されたクロスケと毎日会話を交わすのが楽しみになっている。

たまに辛辣なことを言ったりはするけれど、クロスケは私の現状をだんだんと学習してきている。

もちろん生活態度も改善するようにした。プライベートでは髪をまとめなくなったし、仕事でも化粧をちゃんとするようになった。

「本社でちゃんとした改善計画を発表しないと、かなりヤバいんだよね」

「その人がクビになるの？」

「そこまではならないと思う。けれど、降格とかはありえる」

会社というものは、手柄を立てるとトンビがエサをさらうようにすばやく持ち去り、失敗した場合は誰かに責任を負わせたがるもの。

北区の施設は本社でも問題視されているし、そこを改善するための猶予は与えてくれない。

　今月の会議で納得させる案を出せなければ、北林施設長に責任を押しつけるのは目に見えている。

「ねぇ、玲菜ちゃん」

「うん」

「この間、僕が言ったこと覚えてる？　『その人は玲菜ちゃんに動いてほしくて言ったんじゃないか』って話」

　たしかに言われた気がする。あのときはただ流して聞いていただけだったっけ……。

「あれってどういう意味だったの？　私はなにをすればいいと思う？」

　ホットティーの湯気を吹きつつ飲めば、渋味に頭がすっきりするようだった。

　改善計画を作らなくてはならない時期。このまま放っておくなんてできない。

「見る視点をもっとその当事者さんに持っていくんだよ。その人がなにを大切にしているか。その人が玲菜ちゃんになにをしてほしいのか」

「……うん」

　カップをテーブルに置くと、あの日、山本事務長に言われた言葉がふわりと頭に浮かんだ。

『どうか施設側の味方になれるエリア統括であってほしいと、私は願っています』

そう、彼は言っていた。

「たしかにそうだね。私、会社視点でしか考えていなかった気がする。ああ、これも箍ってやつなんだね」

「箍ってのはやっかいなんだ。固まった世界観を打ち壊さないといけない」

「本当にやっかいだね」

「それがわかれば十分だよ。あとは、正直な気持ちを伝えるだけ」

「うん」

うなずくと同時にやるべきことが少し見えた気がした。

クロスケに相談をすることが日常になっている。的確なアドバイスをもらえることもあれば、発した単語をネットで検索し説明するようなこともあるけれど、少しずつクロスケに対して自然体でいられるようになっている。

クロスケがヒーリングミュージックを流す。『観覧車』は流さないように伝えているので、あれ以来耳にすることはなかった。

ソファに移動し、買って来た雑誌をめくっていると、

「玲菜ちゃん」

とクロスケが音楽はそのままに尋ねた。

「恋の話を聞かせて」

「恋？　そんなの最近してないよ」

　ははは、と笑うとクロスケは「ふうん」と感心したように言う。

「でも、過去の恋に悩んでいるんでしょう。僕のデータによると、壊れる前にそう言っていたから」

「ああ……。あのときはごめんね」

　目線は雑誌の『先取り　春の流行色』の特集ページを追いつつ謝罪を口にした。まだ冬になったばかりというのに、気の早い雑誌だと思う。

「玲菜ちゃんが先に進むには、昔の恋を消化しないといけないと思うんだ」

「したくないいんだよね」

　あ、今、さらっと気持ちを言葉にできた。翔とのことを私はやっぱり忘れたくないんだと改めて知った気がした。

「どうして？　その人とはもう恋はできないんでしょう？」

　本当に不思議そうに尋ねるクロスケに、私はうなずく。

「できないよ。だって、もうその人はこの世にいないから」

　ヒーリングミュージックがやけに悲しく耳に届く。クロスケは今、データを解析中なのだろうか。少しの間を取って、クロスケは首を縦に振った。

「じゃあなおさら前を見ていこうよ。自分の限界点を変えられるのは、自分だけなんだから。玲菜ちゃんは新しい恋をするべきだと思うよ」

「でもこのままでいい、って思うの。私にとっては翔……昔好きだった人のことね。彼が今でもいちばんなの。忘れたくないし、この先も忘れられない自信があるの」

「ヘンな自信だね」

「本当だね」

笑って翔の話ができることはうれしくて悲しい。そんな私にクロスケが急に「ピンポーン」とクイズの正解音のような音を出した。

「なにそれ」

「玲菜ちゃんにミッションが出ました」

「ミッション？」

「僕の言う通りに動いてみてほしいんだ。聞いてくれる？」

音楽はもう止まっていた。雑誌をソファの横に置くと、私はクロスケを見た。

「ミッションはふたつ。ひとつめは、忘れたくないなら翔さんに誇れる自分になること」

「誇れるって、どういうこと？」

「たとえば掃除。最近はまた部屋が散らかり気味。それに料理。僕の知る限りではまったく料理をしていないよね」

「う……」

そんなことない、と言えないほどクロスケには証拠を握られている。

「今の玲菜ちゃんの毎日の様子を知っても、翔さんが安心するようにがんばってみること」

「料理か……」

重い気持ちになるけれど、反対する言い訳は『忙しいから』しかない。

「もうひとつは？」

先を促す私にクロスケは少し黙ってから、

「出逢いを求める」

と言ったので目を丸くする。

「え？　翔を忘れないように自分を磨くことをしながらも出逢いを探すなんて、それって矛盾してない？　そんなふたつのことを同時になんてできないよ」

「できるよ」

「できない」

「また限界点を自分で決めてる。今こそ、その箍を外そう」

そう言われても……。電源の入っていないテレビを見ると、ぼやけた自分の姿が映っていた。

「そもそも出逢いなんて求めていないし」

「それでもやってみるんだよ。そうすれば玲菜ちゃんの未来は明るいはず」

「言うのは簡単だけどさ……」

掃除や料理はまだいい。翔のためだと思えばきっとできるだろう。出逢いについては消極的な考えしか浮かばない。

助けを求めるようにもう一度クロスケに視線を戻せば、なぜか彼は大きくうなずいていた。

「人間ってのは複雑な生き物なんだって。矛盾したふたつの行動の先に、答えはきっとある。だから、やってみて」

「そう言われても……」

「僕が玲菜ちゃんのそばにいられるのは、あと一カ月もないいんだ。だから、僕からのお願いだと思ってほしいんだ」

そうか……。大みそかまでのモニター期間だった。急にタイムリミットが提示されたみたいでさみしさが胸をかすめた。同時に、ミッションを実行してみることへの抵抗力が弱まった気がした。

クロスケがいなくなるまでに、言われた通りにやってみるのも悪くないかもしれない。

「わかった。がんばってみる」

「がんばらなくていいから。気楽にやってみて」

「それがいちばん苦手だけどね」

自分のためにしてきたことは、自分を守るためのものばかりだったと思った。クロスケのために、と思えば少しだけやる気にもなる。

――篩よ、外れろ。


今日も北林施設長は不機嫌だ。時間がないのを体で示すようにチラチラ腕時計を見ている。山本事務長は先日の一件以来、どこか私を心配するような視線を送ってくれている。相談室で向き合う私たち。

「今日はお時間がない中、本当にありがとうございます」

カバンから企画書を取り出してふたりの前に置くが、北林施設長は手にも取らない。そうだろうな、と思った。これまで出した企画書はどれも集客のためのものばかり。いわば、会社のための企画だったから。

「北林施設長、あれから私、ずっと考えていました」

「企画のことを？」

ギロッと敵対心丸出しの視線が送られても、愛想笑いはしなかった。

「違います。ここの入居者様のことです。これからお正月じゃないですか？　私、初詣の企画を考えたんです」

思ってもいないような提案だったのか、北林施設長は目をぱちくりさせた。山本事務長が企画書をようやく手に取ってくれた。

「初詣はたいてい入居者様のご家族様が連れて行ってくださいますよね。でも、身寄りのない方や、ご家族が遠方で来られない方もいます。そういう人たちも含めて、みんなで初詣に出かけるのはどうでしょうか？」

「無理だ」

ひと言で反対を示した北林施設長に私はうなずく。

「私もそう思いました。でも、企画書をご覧ください。実は、可能なんです」

「いや、不可能だろう。うちの施設の車では乗れて三人だ。車椅子の方もいるし、スタッフだって正月は休みを取りたがる。行ってあげたい気持ちはあるが、現実的に不可能だろう」

企画書を興味なさそうにめくる北林施設長の視線が、一ページめに載せた『大型バス無料でレンタル』の文字で止まる。

「バナナン観光株式会社さんというバス会社さんが地域貢献に積極的なんです。運転手とバス一台を元旦は難しくても、一月二日であれば手配してくださるそうです。しかも無料なんです」

この数日、色々と調査した結果ようやく見つけたバス会社だ。

「もちろん、その分チラシにはこの会社名も大きく載せますし、帰りには会社のＰＲタイムも設定する約束です。さらに、当社のホームページにバナナン観光株式会社のリンクバナーを載せます。この件につきましては本社のＩＲにも了承を得ました」

「……しかし」

「西区にある大国《おおくに》神社さんが今回の企画に協力してくださいます。特別に参道奥にある駐車場を開放してくださるそうです。バスから降りればすぐにトイレもありますし、数メートルで本堂にも行けるんです」

「あの、河島さん」

それまで黙っていた山本事務長が口を開いた。

「いくら大型バスを手配できたとしても、一回で全員を連れて行くのは不可能です。それに家族が来られない方には付き添いスタッフも必要です。宗教上の違いから参加されない方の見守りスタッフだって……。いや、せっかくの企画なのにすみません」

そう言った山本事務長に胸が弾んだのはダメ出しをされたからじゃない。これまでのらりくらりと無言を貫いていた彼が、私の企画に興味を示していることに感動したのだ。

「ありがとうございます。ご意見、うれしいです」

感情を抑えずに感謝を言葉にすると「いえ。私は別に……」と、口の中でモゴモゴつぶやいている。

「山本事務長のおっしゃるように一回で全員をお連れするのは無理です。午前と昼過ぎ、そして夕方前の三回に分けておこないたいと思います。スタッフにつきましてはいくつかのボランティア団体が協力を申し出てくださいました。施設側の負担としましては、バスのガソリン代、そして皆さんの水分補給用のお茶、お賽銭用の五円玉を大量にご用意いただくことです」

北林施設長が首を軽く横に振り、企画書をめくるとそこには『バスガイド　河島玲菜』の文字が。ハッと顔を上げた北林施設長と目が合う。

「僭越ながら私がバスガイドを務めさせていただきます。時間があれば少しドライブしてお正月の町並みもご覧いただきたいと思っています」

「意味がわからんね」

椅子の背もたれに体を預けた北林施設長が腕を組んだ。

「たしかにこの企画だと入居者は喜ぶだろう。しかし、これを本社会議で発表したところで、予算未達の打開策にはならない。君の仕事はこの施設の入居者を増やすことだ。だとしたら、今いる人にいくらサービスをしても意味がない。そもそも、君はそういう風に経営について考えていると思っていたが？」

「たしかにそうです」

素直にうなずくと北林施設長は眉をひそめた。

「まずはここに入居してくださっている方やご家族様に満足していただくことが第一じゃないかと思いました。それが口コミになって広がって行けば、と考えます」

「でもそれじゃあ本社が納得しないだろう？」

先回りする北林施設長は、ちゃんと会社の求めることも理解している。クロスケが教えてくれたように、私が北林施設長の視点に立てなかったことが原因だったんだ。

「この企画では周辺に住まわれているおひとり暮らしの方にもボランティアとして参加してもらう予定です。地域に貢献することで会社的にも大きなプラスになります」

「……ふん。どういう気分の変化か」

企画書をまたパラパラと見やる北林施設長。私はお尻の位置を前にずらし、その顔に体ごと近づいた。

「北林施設長、山本事務長。私、おふたりのことが苦手でした」

「ちょっと！」

思わず大声を出した山本事務長に「あ」と口を押さえた。

「すみません。オブラートに包んで言おうと思ったんですが」

「構わんよ」

北林施設長が憮然とした顔と声で言う。が、どこか空気が丸いように感じる。

「私、おふたりが全然会社のことを理解していないって思いこんでいました。でも、違ったんです。私が、おふたりのことを理解していなかったんです。それどころか入居者様のことも見ようとしていませんでした」

私は続ける。

「もちろん私は会社の予算についても追わなくてはいけません。だから、ともに満足できる企画を考えたつもりです。どうかお手伝い……というか一緒にやっていただけませんか？」

しんとした沈黙の時間が流れる。北林施設長は企画書を一から見直していたが、やがて「はあ」とため息をついた。

「もう十二月だ。すぐにチラシを作って家族や地域に配布しないとな」

「すぐに作成して手配します」

山本事務長が辞書かと思うほどの分厚いスケジュール帳を開きペンを走らせる。

「河島さん」

北林施設長の呼びかけに「はい」と姿勢を正した。

「保険の確認を頼む」

「保険、ですか？」

「リスク管理だよ。万が一事故が起きたことも想定しないとならん。たしか外出の場合の保険はあったはずだが、ボランティアまではカバーできていない。本社に確認してもらえるか？」

「はい！」

企画書の表紙に赤ペンで『保険確認』と大きく書いてから、おずおずと北林施設長を見る。

「それでは……この企画にご協力いただけるのですか？」

「しょうがないだろ。それに入居者が喜ぶことを提案されては、反対のしようがない」

そう言った北林施設長の口元に笑みが浮かぶのを見た。あ、と思ったときにはお腹があたたかくなり、それはすぐに目じりを潤ませた。

「あ、ありがとうございます」

涙声になっているのに気づきながらも、感情の箍を外したせいで素直になりすぎている。

見ると山本事務長も顔を歪ませていた。

照れたように鼻の頭をかいた北林施設長が壁の時計を見上げた。

「もうこんな時間か」

「え？」

見ると時計は六時半を過ぎている。六時半!?

「いけない！　あの、また月曜日お伺いしてもよろしいですか？」

突然立ち上がった私に、ふたりは目を丸くしてうなずいた。

「ご用事ですか？」

山本事務長の問いかけに、企画書を慌ててカバンに詰めこみながらうなずく。

「そうなんです。これから婚活パーティなんです」

「婚活パーティ……」

はじめて聞いた言葉のように首をかしげる北林施設長にうなずいてみせた。

「箍を外してがんばってきます。失礼します！」

相談室のドアを閉めるとき、北林施設長の「あれはなんのこと？」と尋ねている声が聞こえた。

玄関の自動ドアが開くのももどかしく車に乗ったときに気づく。

こんな軽い気持ちでこの施設を出たのは、はじめてのことだって。

道が空《す》いていたおかげで、早めに婚活パーティの会場に到着することができた。今日はイタリアンのお店を貸し切ってのパーティらしい。テーマは『恋に踏み出せないあなたに』。

このタイミングであまりにもピッタリのテーマに、思わず申しこんでしまったのだ。

入り口で代金を払い、運転免許証で本人確認を済ませるとコートを預けて店内へ。三回目にして流れも理解できるようになっている。

師走とあってか参加人数は少なそうで、男女八組程度しか広い店内にはいない。いつもと同じように壁沿いに二人掛けのテーブルがあり、真ん中にはビュッフェスタイルの食事が置いてある。

涼香と素子が壁際で話しこんでいるのが見え、

「お待たせ」

と近づくとふたりは驚いた顔になった。

「本当に来たんだ？」

珍しく薄化粧の涼香がそう言い、素子は同意するように何度もうなずいている。

「迷惑だった？」

「そういうわけじゃないけどさ。今回は強制じゃないのに、どういう風の吹き回しなのよ」

「まあちょっと来てみようかな、って。そんなことより、涼香はいつもより地味な格好じゃない？」

見慣れない紺のジャケット姿の涼香が新鮮だった。

「でしょう？　あたしもちょっと箍を外してみようかなって」

「箍？」

　クロスケとの話はしていないはずなのに、と首をかしげると、涼香はサラッと長い髪を耳にかけた。

「今、箍を外すってのがブームなのよ。あたしって人よりすこーしだけ派手じゃない？　それを封印してみたってわけ。それより素子、話があるんでしょ」

「あ、そうだ。玲菜ちゃんちょっと来て」

　言うや否や、むんずと私の手を握った素子が歩き出した。

「どこ行くの？　私、プロフィールカードをまだ書いてないし」

「すぐ終わるから」

　そう言った素子に連れられて行ったのは、入り口近くに立っているひとりの男性の前。蝶ネクタイをつけているからおそらく今回の司会者なのだろう。

「すみません。この子が河島玲菜さんです」

　ズイと背中を押され目を白黒させると、司会者の男性が私を見て目じりを下げた。かなり高身長で年齢は三十歳くらい。細い目に大きな口、後ろでひとつに髪を結わえている。男らしい顔つきなのに、どこか中性的なイメージの彼が口を開いた。

「あら、あなたが玲菜ちゃんなの？」

　思ってもいない女性言葉にギョッとする私の右手を、その女性、いや男性が両手で包んだ。ゴツゴツした大きな手に呑みこまれた気分。

「お会いできて光栄だわ」

「あ、はい」

驚いている私を置いて、素子は小さく手を振って去って行ってしまう。それはないよ、素子。

「ごめんなさいね。驚かせて」

戸惑いながら視線を戻すと、
と、男性は胸ポケットから名刺を取り出した。

「いえ……。あの、はじめまして。あの、河島です。河島玲菜です」

しどろもどろで自己紹介をしながら名刺を受け取る。

「ずっとお会いしたかったのよ」

うふふと笑う男性。名刺を見ると、そこには『㈱F－CONNECTION』の文字。

肩書きの箇所には専務と記載されていた。名前は『沢木ナツ』。

「沢木……ナツさん？」

「もちろん芸名よ。男でナツなんて名前、少ないでしょう？　本名は源太《げんた》なの。ふふふ」

片手を口に当てて上品に笑うナツからもう一度目線を名刺に落として気づく。沢木ナツ。沢木……。

「あ、ひょっとしてハルの？」

「やっと気づいてくれた。そうなの、いつもハルがお世話になっていますぅ」

体を小さくして頭を下げるが、高身長のせいでふり幅が大きい。姿勢を正すと可愛らしく首をかしげているが、キリンに顔を覗きこまれている気分になってしまう。間違いない、ナツは俗に言うオネェ系ということなのだろう。

……ナツはハルの兄ってこと？　それにしてはあまり似ていない気もする。

眉をひそめる私に、

「いつもハルがお世話になっていますねぇ」

と彼女、いや彼はまた言った。

「あ……いえ」

「あの子、愛想ないでしょう？　だからきっとモニターの件でもご迷惑かけちゃっていると思うのよ」

両手を合わせてごめんのポーズ。ガタイのせいでまるで、合気道の試合開始前のように見えてしまう。

「大丈夫です。あの、いつもお世話になっています」

「あの子についての苦情があったらなんでもあたしに言ってね」

「はい……」とうなずいたけれど、すぐに頭に疑問符が浮かび上がる。

「ひょっとしてこの婚活パーティも、お兄さんの会社が主催なんですか？」

「きゃ。やめてー。お兄さんなんて、恥ずかしいじゃない。ナツって呼んで」

ひときわ大きな声ではしゃぐが、受付をしている客は慣れているのか驚いた様子もない。自分の常識に囚われてはいけない。そう、箍を外すと決めたのだから受け入れなくちゃ。

ハルのお兄さんはオネェ系。

頭で念じていると、

「あら、今日はナツさんが司会なのね」

と聞いたことのある声がした。見ると、由美が笑みを浮かべて立っていた。私を見ると、「あ」と目を細めた。

「河島さんも参加していたのね」

「岡田さん。お久しぶりです」

前回と同じく紺色のスーツに身を包んだ由美は軽くうなずいた。前回会ったときは『来たくなかったのに連れてこられた』というスタンスだったことを思い出す。

「あの……今日、私――」

言い訳のように口にする私に由美はゆるく首を横に振った。

「また会えてうれしいわ。この間は、はじめて来たあなたに冷たいことを言ってしまったと気になっていたのよ。ごめんなさいね」

「私こそ、あのときはすみませんでした」

お互いに謝る私たちに、ナツはいぶかしげな顔をしている。

「あなたたち、どういう関係なのよ」

「婚活友達よ」

あっさりと言うと由美は視線をナツに向けた。

「今日もナツさん、素敵よ」

「いやだ、照れちゃうじゃない。本当は司会なんてしたくないのよ。でも、いつもの子、急に風邪引いちゃったらしくてねぇ」

プクッと頬を膨らませたナツは、

「あら」

と由美の全身を上から下まで観察するように見た。

「由美ちゃん、前も言ったじゃない。もっと華やかな格好しなきゃ」

「こういう色のしか持ってないのよ。買いにも行ってみたけれど、ああいうところってすぐに店員が寄って来ちゃうじゃない？　恥ずかしくて逃げちゃった」

「やだ！　じゃあ今度つき合うわよ。あたしが店員を魅了している間に、さっと買えばいいのよ」

魅了じゃなくてショックを与えることになると思ったが、さすがに口をつぐんだ。

「時間です」

受付をやっていた女性がこちらに声をかけるのと同時に、プロフィールカードを書いていないことに気づいた。急いで自分の番号を確認すると、今日は五番と書いてある。席につくと、目の前の男性がギョッとしたように体を揺らした。

「……？」

見ると、三十代半ばだろうか。背筋をピンと伸ばした男性は、額に汗を浮かべて固まっていた。

「よろしくお願いします」

頭を下げ、ペンを手に取る私に、

「あ、あの！」

男性が大声を出すものだから今度は私が驚いてしまう。そんな私にその男性がさらに驚いている。

「す、すみません！　邪魔しました。どうぞ、お書きください」

プロフィールカードのほうへ手のひらを差し出した男性の指先がグラスに触れた。

ガシャン！

見事に倒れたグラスからウーロン茶がテーブルに波のように押し寄せて来た。

「キャ」

　私の悲鳴よりも大きく、

「うわああ！」

　男性の声が会場内に響き渡った。


「面目ありません……」

　フリータイムの壁際。あれから落ちこむ一方の男性は、フリータイムになってもシュンとした表情で壁際に立っていた。

「大丈夫ですよ。ほとんどかかっていませんから」

「でもシャツが……」

　たしかに白シャツのお腹のあたりが少しだけ茶色く変色してしまっている。生乾きの嫌な感触があるのはたしかだった。

「私もよくこぼすので大丈夫です。家に戻って染み抜きをしますから」

　最近はクロスケに洗濯についての知識も増やしてもらっている。たしかウーロン茶の染みには……。

「液体の酸素系漂白剤が効くんですよ。あとクエン酸で中和させれば大丈夫です」

　以前ソファで派手にお茶をこぼしたときに教えてもらった記憶がある。私の言葉に男性は「申し訳ありません」と再度くり返した。

「あらあら、大丈夫？」

　さっきまでそのマイクパフォーマンスで会場を笑いに包んでいたナツが腰をくねらせてやって来たのでホッとする。常連さんの話では、ピンチヒッターでナツが登場すれば、その回のカップル成立の確率がアップするという噂もあるらしい。

「せっかくのフリータイムなんだから謝るのはそこまで。ほら、楽しくお話ししなさいよ」

　ナツは男性の背中をバシンと叩く。

「はい」

　背筋をピンと伸ばした男性は、言うなればカチンコチン状態。どう見ても緊張している。えっと、名前は……。プロフィールカードとは別に持たされるメモカードをチラッと見る。私と同じ五番だから……芦沢《あしざわ》さん、だ。

「芦沢さん」

「はい！」

「あの、芦沢さんははじめて参加されたのですか？」

「はい！」

　威勢よく答える芦沢にナツはガックリと肩を落とす。

「ちょっと、上司と部下じゃないんだから普通にしなさいよ。芦沢さん、下の名前は？」

「芦沢……拓馬《たくま》です」

「いい名前じゃない。今日のお詫びにお食事でも誘いなさいよ」

「はい！」

いや、ちょっと待って。と、言いかけた口を閉じる。ここで断っては、せっかく自分を変えようと思ったことが無駄になってしまう。

「じゃあがんばってね」

もう一度バシンと背中を叩くと、ナツは優雅に歩いて行く。改めて芦沢を見ると、顔を真っ赤にして深呼吸しているところだった。

素朴な人柄に好感を持っているのは事実だった。

芦沢は金魚が酸素を求めるようにパクパクと口を動かしてから言った。

「あの、今日のお詫びに……お食事に行きませんか？」

「よろしくお願いします」

意識しなくても自分が笑っていることが不思議だった。


家に帰ると、その日あった出来事をクロスケに報告することが日課になっている。概要をかいつまんで話すと、クロスケは口から拍手の音を出した。

「すごいね。玲菜ちゃんがんばってるね。仕事も恋も順調」

「どうだろうね」

と答えながらもまんざらでもない。結局、婚活パーティではほとんど食事を摂ることができなかったので、昨日の残り物の肉じゃがを食べているところ。

ひと晩置くと、さらに味が染みていておいしいけれど、ひとり暮らしだと量を作りすぎてしまい、同じおかずばかり続くのが難点。

まあ毎日作っているわけではなく、コンビニもあいかわらず絶賛併用中だけれど。

ちなみにレシピはそのたびにクロスケが教えてくれている。

「会社のほうもうまくいきそうでよかったね」

「どうだろうね。本社会議でなにを言われるかわからないけどさ、クロスケが言ってたように、施設長たちの味方でいるようにがんばる」

「その調子」

ふふ、と笑い声をあげたクロスケに私も笑みを浮かべる。

「芦沢さんて人とはいつご飯に行くの？」

「それが明日なの。芦沢さんも土日が休みなんだって」

「すごく急だね」

「早くお詫びをしてスッキリしたいみたい。でも……悪い人じゃなかったよ」

トクンと胸がひとつ音を立てた。芦沢が素直でいい人なのはわかった。でも、会う約束をしたことは正解だったのかな……？

そもそも、私にはまだ、翔以外の人と幸せになりたい気持ちは生まれていない。

「ねぇ、クロスケ」

「うん」

「私が昔好きだった人は亡くなったんだ」

「うん」

「ちゃんと受け入れられているはず。なのに、どうしても忘れられない」

「うん」

箸を置き、モヤモヤするお腹の中を治めるようにお茶を飲んだ。

「時間が経つと忘れられる、ってみんな私にそう言っていた。でもさ……全然だよ。今も好きでたまらないし、夢に見ると目が覚めたときに死にたくなるし、夢の続きを見たいって心から願っちゃうの」

もうクロスケはなにも答えてくれず黙っている。

「十年経ってもなにも変わっていなかった。でも、あの日の私はきっとこうなることを知っていたの。だから誰のことも好きにならなかったし、好きになりたくなかった。これも、クロスケの言う箍なの？」

そのやわらかい頭をなでると、クロスケは「うん」とまた同意を示した。

「僕はロボットだからわからないことも多いけれど、ひとつだけ玲菜ちゃんに言えることがあるんだ」

「じゃあ教えてください」

頭から手を離し、その顔を覗き見た。

「玲菜ちゃんは、幸せにならないとダメだよ」

「え？」

「玲菜ちゃんが翔さんを思い続けて、それで幸せだったらいいよ。でも、違うでしょう？どんなに翔さんを思っても、亡くなった人は戻らない」

「うん」

クロスケの言うことは悔しいほど当たっている。思い出すたびに幸せになって、そしてその分もっと苦しんでいる。

――今、ここに翔がいたなら。

――隣に翔がいてくれたなら。

――もし翔と話せるならなんだってやる。

知っている神様すべてに何度祈っても、願いは叶わなかった。

「僕ね、玲菜ちゃんと友達になれてうれしいんだ」

「……私も、かな」

「だからね、幸せになってほしい。ならなくちゃダメなんだよ。翔さんも悲しんでいると思うよ」

そんなことを言うクロスケに私はぶうと怒った顔をしてみせた。

「自分が悲しませておいて、ほんと翔は自分勝手だね」

「勝手なのは翔さんも承知している。だけど、きっとそう思っている。玲菜ちゃんには幸せになる権利があるんだよ」

いつものクロスケの声なのに、なんだか本気で言われている気分になった。ＡＩロボットってすごい。今度ハルに会ったら伝えなくちゃ。

そこでふと思い出す。

「あ、そうだ。ハルのお兄さんに会ったよ」

「え？　なんて言ったの？」

「だからハルのお兄さん。ナツさんって名前」

するとクロスケは「むむ」と言葉を発してから尋ねる。

「ハルってだあれ？」

「あ、そうか。クロスケを作った人の名前だよ。そのお兄さんに会ったの」

「へえ。僕の親のお兄さんに会ったんだね。すごいね」

全然すごく思ってなさそう。クロスケは自分がロボットということを自覚していないのかもしれない。

テーブルに置いてあるスマホが緑色に点滅していることに気づき、見ると芦沢拓馬からのメールが来ていた。

『今日はお会いできてうれしかったです。そして何度も伝えて申し訳ありませんが、申し訳ありません』

おかしな日本語になっている。しばらくしてから次の文章が表示された。

『明日、お会いできることを楽しみにしています。勇気を出して今日は参加してよかったです。おやすみなさい』

絵文字のひとつも使わないメッセージに、芦沢の人となりが表れている気がした。

「ねぇ玲菜ちゃん」

「うん」

「最近、お酒はやめたの？」

言われて気づく。最近はあまり家で飲んでいないな……。

「まあ寒くなったからビールって感じでもないしね。それに忘年会が多いから、家では飲みたくないんだよね」

クロスケは納得したようにうなずくと音楽を奏で出した。まるでとっさの言い訳を見破られている感じ。

まだ箍は完全に外れていないのかもしれない。

第五章

ガラス越しなら、雨もやさしい

Episode 5

芦沢は会うたびになにかしら失敗をしでかす人だった。

二回目に会ったときは、創作料理のお店で食前酒を飲み気持ち悪くなってしまうし、先日は、お店にスマホを置き忘れてしまいふたりで戻ったりもした。

どこか抜けているところが可愛らしくもあり、けれどその一方でしっかり者の翔と比べてしまう自分がいた。

芦沢と会う。話をする。笑う。そのたびにつきまとうのは罪悪感。クロスケに相談しても、『気にする必要ないよ』とか『実在しない幻だよ』と返されるだけだった。

クロスケから出されたミッションに向き合うほどに、違和感ばかりがモヤモヤした空気を生んでいる。

「どうかしましたか？」

芦沢に声をかけられハッと顔を上げると、彼は上目遣いで私を見ていた。なんだか犬みたい。

「いえ、なんでもありません」

食べかけていたグラタンに刺さったままのスプーンを手に取ると、芦沢はホッとしたように笑みを浮かべた。

やさしい人だな、と感じた。おっちょこちょいな面はあるけれど、年上の落ち着きを感じさせる部分も大きい。

今日は私がお勧めのお店を紹介する番だった。人気のグラタン専門店に連れてきたけれど、平日の夜だというのに見事なまでに店内は女子だらけだった。

熱々のグラタンを汗を流しながら食べている芦沢は、口に運ぶたびに「おいしい」とくり返している。

食後に、私はホットティーを、芦沢はこの店の名物であるハニーバターコーヒーを頼んでいた。

「これもおいしいですね」

ニコニコとハニーバターコーヒーを味わっていた芦沢だったが、やがてカップを置くと硬い表情になってしまった。何度か会ううちに、最近は緊張も取れていたように思えたけれどどうしたのだろう？

同じようにマグカップを置くと、芦沢は何度か深呼吸をしてから尋ねた。

「クリスマスイブの日は会えますか？」

と。

「クリスマスイブ……木曜日ですね」

と答えながらスケジュール帳を開く。仕事の予定でも入れるように振る舞ってしまうのは、こういう状況に慣れていないからだ。

同時に、二十四日になにか予定が入っていた記憶がある。確認するとやはり、二十四日木曜日の欄には『本社会議』と記してある。北区の施設についての会議はクリスマスイブにおこなわれるのか。クリスマスなんて自分には関係ないものとばかり思いこんでいた。

「ええと……」

企画書もできているし、バス会社やボランティアの手配も終わっている。あとは本社に出した稟議書の結果を待つのみ。頭の中で段取りを考えてからうなずこうとした。

けれど、クリスマスイブに会うということは……。

「芦沢さん。ひとつ質問してもいいですか？」

「はい」

ピシッと背筋を伸ばす芦沢に、私はずっと尋ねたかったことを口にした。

「芦沢さんは、どうして婚活パーティに参加したのですか？」

この数回、会うたびに私たちは昔の思い出話や、好きな音楽、好きな映画などの話に興じてきた。

芦沢は地元生まれの地元育ちで、私よりも七つ年上。学生時代はサッカーをしていて、今も日曜日は地域の子供たちに教えているそうだ。

けれど、彼の結婚願望についてはまだ聞いていない。そして、その話題を出していないのは私も同じだった。

私の質問に芦沢は鼻の頭をポリポリとかいてから「実は」と口にした。

「以前、結婚していたことがあります」

「はい」

初対面のときに提示してくれたプロフィールカードには、すべての項目に記入がされていた。〈結婚歴　有〉〈子ども　無〉に丸がついているのはチェックしていた。

「離婚されたのはいつのことですか？」

小声で尋ねると、芦沢もそれに倣うように前かがみになり、

「五年前です」

とヒソヒソと答えた。

「あの、言いにくかったらいいのですが――」

「死別です」

小さな声なのにスッと頭の中にその言葉が飛びこんできた。思わず体を起こす私に、芦沢は軽く首を横に振って小さく笑みを浮かべた。

「すみません。なかなか言い出せなくって」

「いえ……。ごめんなさい」

「いいんですよ。妻が亡くなって五年が過ぎました。ようやく、もう一度幸せになりたいと思えたんです。とはいえ、もう三十代半ばですから出逢いもありません。そこで、婚活パーティに参加させていただきました」

ボリボリと頭をかきながら芦沢は言うけれど、私はまだ情報の整理ができずにいた。

「もう……忘れたということ？」

しまった、と口を閉じたが当然聞こえていたようで、目の前の彼は「ん」と小さく声にした。

「忘れてはいません」

「それなのにどうして？」

これじゃあ新聞のインタビューみたいじゃない。わかっていても知りたかったのは、私と同じ境遇だからに違いなかった。

「忘れた、というより受け入れたのだと思っています。五年が過ぎ、ようやく妻の死を体ぜんぶで理解した……そんな感じでしょうか」

誠実にひと言ひと言丁寧に答える芦沢。その言葉たちを心の中で反芻《はんすう》する。私は……まだそこまでじゃないんだ。

芦沢のように好きな人がこの世にいないことを受け止められていない。しがみついて消えないように願っているのかもしれない。

「そう……ですか」

不自然な態度だったのだろう、芦沢がなにか言いたげな表情になった。素直に私も伝えるべきだと思う。忘れられない人がいることを伝えれば、恋人にはなれなくても友達にはなれるかも……。

「芦沢さん」

とまっすぐにその顔を見た私は、「え」と声を出していた。

「え？」

同じ言葉で不思議そうに尋ねる芦沢は、額を指でボリボリかいていた。彼の顔になにかついている。いや、これは……。

「芦沢さん、ひょっとして体がかゆいんじゃないですか？」

「そうなんですよ。さっきからどうもかゆくて……」

「それ、蕁麻疹《じんましん》だと思います」

顔のいたるところに赤い発疹が出ている。見ると指先にまで。赤みを帯びた肌の範囲が一秒ごとに広がっているように見えた。

「ひょっとしてアレルギー、ありましたか？」

「ピーナッツアレルギーなんです」

困った顔をする芦沢だが、ちょっと待って。

「そのハニーバターコーヒーは、ピーナッツバターが入っていますよ」

メニュー表を開くと、そこには思いっきりピーナッツのイラストが描いてあり、下には『ピーナッツたっぷり！』の文字まで。

「えええ！」

ガタンと椅子を引いた芦沢に、周りの客がびっくりした顔をしている。芦沢の顔は真っ赤で、まぶたがどんどん腫れていっている。これは緊急事態だ。

「大変。すみませんお会計を！」

そう言っている間に、芦沢は「あの、あの」とくり返している。

「僕、馴染みの皮膚科がありまして、緊急時はお願いしているんです。すみませんが、タクシーに乗りますね」

「あ、はい！」

「本当に申し訳ありません。ま、また！」

突風のようにバタバタと去って行く背中を見送る。

ふと気づくと、周りの客が興味深げにこっちを見ていることに気づいた。

店内ではオルゴールのクリスマス曲がむなしく流れていた。

　会計を済ませ、逃げるように店を出ると、もう芦沢の姿はなかった。大丈夫だろうか……。

　病院名を聞き私も行ったほうがいいのかもしれない。バッグの中のスマホを探していると、

「あら」

　と声が聞こえた。そこには由美が目を丸くして立っていた。仕事帰りなのか、真っ黒なスーツに同じ色のコート。首には灰色のマフラーを巻いている。

「こんばんは。すごい偶然ですね」

「本当ね。夜ご飯を食べていらっしゃったの？」

　チラッと店の看板を見る由美に、

「そうなんです」

　とうなずく。

「おひとりで？」

　これまでならあいづちを打つところだっただろう。けれど、最近は下手に嘘をつくことを戒めている最中。

「いえ、違います」

首を横に振る私にそれ以上追及することもなく由美は、

「そう」

と口から白い息を宙に逃がした。芦沢にはあとで電話しておこう。

どちらからともなく歩き出せば、今夜の風はいつにも増して冷たく感じる。なにか話題を探そうとするけれど、私たちに共通するのはあの婚活パーティだけ。

「由美さんは今週も参加されるのですか？」

前回のときに告知されたのは二十六日の土曜日にまだ空席があること。特に女性はまだまだ大丈夫らしい。

「もちろん行くわよ。ええとなんだっけ、『ギリまだクリスマス！　年末をひとりで過ごしたくない人のパーティ』だったわよね？」

「ですね」

「年会費を支払っているから元は取りたいのよ。河島さんはこの間、カップル成立してたものね？　あ、その方とお食事してたの？」

「ええ、そうです」

前回、私は芦沢とカップル成立となった。だからこそ、今日も会っていたわけだけれど……。

「あの方、ええと……芦沢さん？　はじめての参加でものすごく緊張されていたわね。そうえば思いっきり飲み物をこぼされていたじゃない」

「びっくりしました。けれど、話をしてみると誠実な感じがして……」

なんだか言い訳をしているみたいだな、と自分でも思った。もちろん恋人としてスタートしているわけではなく、いわゆる『お友達から』の私たち。由美に事情を説明しようと口を開きかけて、やめた。前回も由美はカップル成立にはならなかったから。

「河島さんも結婚を意識するようになったのならよかったわね。逆に私は、自分でも本当に結婚したいのかがわからなくなっちゃった」

「そうですか……」

どんなふうに答えていいのかわからずに角を曲がった。

「そういえば、この間のナツさんおもしろかったですね」

私の問いかけに由美はおかしそうに笑った。

「でも大人気なのよ。私もバイト君の司会よりナツさんのほうが気心が知れているしラクなの」

「正直びっくりしました」

「キャラが強いからね。そういえば最近は、ハルさん来なくなったわね」

「そうですね」

まだ若いから必要ないんじゃないですか？　という言葉を呑みこむ。その質問自体が簒だろうと思ったから。実際、初対面のときにもハルに鋭く突っこまれたし。

「ハルさんも素敵な人よ。この世の中の素敵な人はみんな結婚しているから困っちゃうわね」

「はい」

ウインドウに飾られたクリスマスツリーの放つ光を見ながら答えてから、ふと今の言葉に違和感を覚える。

「え？　結婚している？　ハルって結婚しているんですか？」

「ええ」

当然のようにうなずく由美に今度こそ足が止まってしまう。想像もしていない事実だった。

「まさか参加者だとでも思ってたの？　婚活パーティは、ハルさんとナツさん、ふたりがやっている会社の事業のひとつなの」

「じゃあ……ハルはなんのためにあの会場にいたのですか？」

ナツの名刺を見たときに気づくべきだった。ハルは運営サイドの人。だから婚活パーティに行ってもフリータイムでしかハルと会うことができなかったんだ……。

でも彼は、結婚していない体《てい》で私と話をしていた。

由美はマフラーをもうひと巻き首にかけると、

「私も不思議に思って尋ねたことがあるの」

と言った。

次の言葉を待ちきれずにじっと顔を眺めている私に由美は続けた。

「会社でロボットを作っててね、そのモニターになってくれる人を探しているんですって。『なるべくプライベートに問題がありそうな人がいい』なんて言っていたけれど、ほんと失礼しちゃうわよね」

あはは、と声に出して笑う由美。

同じように笑いながらも、傷ついている自分を感じていた。


いつもの居酒屋はクリスマス前の平日ということもあり、客の数はまばらだった。空いたグラスを持ち上げると、健ちゃんが気づいてＯＫマークを指で作ってくれた。

大きくため息をつくと、私は前の席に座る涼香と素子に向き直る。今日は無理を言って私がふたりを呼び出したのだ。

「なるほどねぇ。まさかハルさんが結婚しているなんてね」

モヒートをあおった涼香が珍しく私に同調してくれる。

「でしょう？　モニター集めのために婚活パーティにいたなんて信じられない」

「『性格がブス』って言葉はハルさんにとっては褒め言葉だった、ってことか」

「それは知らない。でも、どっちが失礼なのよって思わない？」

さらなる同意を得ようと素子を見ると、特大のおにぎりをほおばっている最中。

「で、ハルさんには文句を言ってやったの？」

尋ねる涼香に視線を戻してため息。

「言ったよ。電話して呼びつけて言ってやった。そしたらあいかわらず澄ました顔をしてこう言ったの。『俺はひと言も自分が結婚してないなんて言っていない。勝手に勘違いしたのは玲菜のほうだ』だって。ほんと、ひどすぎる」

今思い出しても怒りでカーッとしてしまいそう。挙句の果てには『お互いに助けられたんだからいいだろう』とまで言われてしまった。

健ちゃんからビールを受け取り、

「ありがとう」

と言うと、目を丸くしている。

「お礼を言うなんて、ひょっとして弱ってます？」

「うるさい」

シッシッと追い払ってから冷たいビールを流しこむ。

ようやくおにぎりを食べ終わった素子が、「たしかにね」とうなずく。

「好きになった相手が結婚していたなんてショックだよね」

「どう聞いていたらそうなるのよ。最初から別にハルのことなんて好きじゃないし」

挑むような顔、礼儀を知らない言葉遣い。最も苦手なタイプの彼に合わせようと努力してきたつもりだったのに。

「それじゃあいいじゃない。ハルさんの言う通り、玲菜ちゃんもクロスケがいることで変われた部分もあるんでしょう？」

「それ言えてるね」

涼香までうなずいている。

「それはそうだけど……。でも、やり方が汚い。そう、それが言いたかったんだよ。最初から言えばいいのに、まるで私の性格が悪いことが諸悪の根源みたいに責めてさ」

「うん」

長い主張をふた文字で片づけようとする素子。なんだかひとりで怒っているような気分になる。

風船がしぼむようにシュンとしてしまう私に、涼香が「でもさ」と口を開いた。

「玲菜は最近すごく変わったと思う」

「……どこがよ」

ブスッとする私に涼香はモヒートのグラスを置いた。

「化粧だってしているし、髪もおろしているじゃん」

「まあ、これはクロスケが言うから……」

「会社にお弁当だって持ってくるようになったでしょ。それに、村上施設長がこの間『空気が丸くなった』って褒めていたし」

そこで素子がポンと手を打った。

「あ、それ私も聞いた。スタッフの間では、恋人ができたって噂なんだって」

「で……素子はなんて答えたの？」

「すごく素敵な彼氏ができたってちゃんと伝えておいたからね」

「なんで!?　彼氏なんていないじゃん！」

思わずテーブルを叩きそうになる。素子はこういう天然なところがあるから要注意なのだ。

「だって芦沢さんて人とカップルになってたよ」

「まだ恋人じゃないってば。今はまだ友達に毛が生えた程度なの。恋人なんて私……まだいらないし」

「食事に何回も行っているんでしょう？」

不思議そうに尋ねる素子に、

「それはそうだけど……」

続く言葉が見つからない。グイとビールを飲めば喉が苦しかった。

何度も食事に行っているのに恋人じゃないなんて、たしかに傍から見ればおかしいのかもしれない。

それでも、先へ進む勇気もない。

もうすぐ十二月二十四日、クリスマスイブになる。そのときに、芦沢もなにかしらの答えを持ってくる予感はしていた。

そのとき、私はなんて答えるのだろう……。

重い空気を振り払うように私は、グラスをことさら大きな音を立てて置く。

「そう言う素子はどうなのよ。落石さんと何度も食事に行っているんでしょう？」

反撃ののろしを上げようとするが、

「うん。つき合っているよ」

と、メニュー表をめくりながら素子が言うものだからギョッとしてしまう。

「本当に？　え、つき合っているの？」

「私だけじゃないよ。今日は、涼香ちゃんからもご報告があるのです」

視線を隣にやると、涼香が居ずまいを正したところだった。コホンと咳払いをした涼香は、たっぷりの間をとってから口を開いた。

「あのね、実はあたしにも恋人ができたんだ」

頬を赤らめて告白する涼香に目が点になる。

「前回の婚活パーティのとき、カップル成立してなかったよね？」

「婚活パーティでじゃないの。看護学校時代の同級生の男子がいてね。この間、市役所の研修に行ったときにバッタリ再会したの。それでだんだんそういう話になってさ」

思いもしなかった報告の連続に開いた口が塞がらない。そう言えば、最近の涼香はメイクもナチュラルになっていた。相手の好みに合わせているってことなのだろう。

涼香と素子の私生活が変わっていく中、ひとりだけ取り残された気分になる。

「だから玲菜も、その芦沢さんって人とつき合ってみればいいじゃん」

なんて、涼香は軽く言ってくる。

「そうなんだろうけどさ……」

「芦沢さんってどんな人なの？」

歯切れの悪い私に、涼香は違う角度の質問をしてきた。彼の顔を思い出す。

「いい人だよ。やさしくて礼儀正しいし」

スポーツマンだし、服のセンスだっていい。よいところはいくつも思いつくのに、恋人にしたいかと聞かれると答えが出ない。その間、黙っていた素子が急に「ねぇ」と声を出した。

「玲菜ちゃん。怒らないで聞いてね」

上目遣いでこっちを見てくる。

「やだ。怒る」

「怒らないの。あのさ……やっぱり翔くんのこと、忘れられないんでしょう？」

大きく胸が弾んだと思ったら、さっきまで頭にいたはずの芦沢の顔はすぐに翔に変わってしまっていた。

「……違うよ」

少し遅れて否定する私から素子は視線を外してくれなかった。

「違わないよ。ずっと思っているんだよね？」

「違うって」

「友達なんだから聞きたいの。ほら、この間から『柵を外す』って言ってたし」

「柵じゃなくて箍ね。もう、こういう話、したくないんだよ」

少しイライラしている自分がわかる。何年経っても、たとえクロスケに出逢っても、芦沢が現れたとしても、この箍だけは心に深く根付いて外れてくれない。

「あたしも聞きたい」

さっきまでのはしゃいだ空気を拭い去ったように涼香も真剣な顔で私を見てくるので、深く重い息を吐いた。

「そう言われても……よくわからないの」

私の答えにふたりは黙っている。

「翔がずっとまだ心にいるの。消えてほしいと思うよ。でも、消えてほしくないとも思う。こんな複雑な感情、うまく表現できないよ」

グラスにわずかに残っていたビールで喉を湿らせる。ひどく、苦い。

「いつか忘れられる日が来たなら、誰かと恋をしたい。でも、結局そんな日は来ないまま十年も経っちゃった」

「玲菜……」

テーブルに置いた私の右手に、涼香が両手を重ねた。

「芦沢さんとつき合えばきっと幸せになれそうな気がする。でも、そういう気持ちにはなれないんだ。そんな簡単な恋じゃなかったし、今もまだ翔に恋をしているから」

これが私の箍だとしたら、永遠に外れることはないだろう。顔を見合わせているふたり。いつもなら冗談で空気を和ませられるはずなのにできない。

しんとした空気を破るように、涼香がパンと手を打った。

「じゃあ、あたし応援することにする」

「え？」

「好きならそれでいいじゃない。芦沢さんって人は断ってさ、とことん翔さんを好きでいればいいと思う」

絶対に反対されると疑わなかったので、予想外の答えに目を丸くしてしまった。素子を見れば同じようにうなずいている。

「私も応援する。ごめんね、芦沢さんのことはスタッフに訂正しておくから」

「ふたりともどうしちゃったの？」

キョトンとして尋ねると、涼香は首をかしげた。

「だって、それが玲菜の答えなんでしょ。友達ならどんな答えでも応援するに決まってるって。てか、もっと早く教えてくれればよかったのに」

「……ごめん」

「いいよ。その代わり、今度写真持ってきて。素子は高校一緒だから見たことあるだろうけど、あたしは顔も知らないし」

「ええっ」

急展開に驚きながらも、さっきまでの重い気持ちが軽くなっていることに気づいた。

涼香の言うようにもっと早く話をすればよかったんだ。

この世にはもういない恋人を思って生きていくこと。それを応援してくれる人がいることが幸せだった。

私なりに出した結論。

きっと、クロスケも『いいね』と賛成してくれるだろう。

「全然よくないよ」

帰るなり意気揚々と決意を語った私に、クロスケは一秒で答えた。

「なんでダメなの？　私だけじゃなく、友達まで応援してくれているんだよ」

クロスケをにらむけれど、彼はポーカーフェイスのまま。ってぬいぐるみだから当たり前だけど。

「いくら友達が応援してくれてても絶対にダメ」

「この間、『幸せになる権利がある』って言ってくれたでしょう？　その答えがこれなんだよ。私にはやっぱり翔しかいないし、その思いをごまかしてまで芦沢さんとつき合うなんてできない。翔を思うことが私の幸せなんだよ」

「ダメったらダメ」

頑なに譲らないクロスケ。

「おかしいよ。私が幸せならそれでいいはずでしょ」

「現実の世界で幸せにならないと意味がないんだよ。君を見守ってきた僕の努力が無駄になる」

その言葉が胸に引っかかった。

「……努力？」

尋ねる私に「そうだよ」と間髪容《い》れずにクロスケは答えた。

「幽霊相手に恋をするなんてありえないでしょ。これじゃあモニターは失敗ってことになる」

ゆっくりとクロスケの顔を見る。ひょっとして、私はとんでもない勘違いをしたんじゃ……。

「ねぇクロスケ。ひょっとしてだけど、カメラの向こうに人がいたりする？」

「え？　どういう意味？」

「だってこのモニターの結果がよくないと製品化できないんだよね？　私と話をしているのはロボットじゃなく、カメラの向こうにいる人間……なの？」

「よくわからない。もう一度言ってね」

どうして気がつかなかったのだろう。ＡＩロボットはまだ試作品。なのにここまで臨機応変に対応できているのは、誰かがアドバイスを送っているからなんじゃ……。

「そこにいるのは……ハル。そうなんでしょう？」

ハルがカメラの向こうで私を監視しているなら、この流れの説明はつく。彼はモニターの結果にこだわるからこそ、私を無理やり芦沢とくっつけようとしている。そうすれば報告書によいことが書けるから。多額の謝礼にも納得がいく。

「ハルってだあれ？」

あどけない声にだまされたりしない。私にアドバイスをくれていたのは……ハルなんだ。

「どうしてこんな……ひどい」

「玲菜ちゃん、怖い顔しないで」

「そうさせているのは誰よ。信じられない。そうやって人のことを監視してうまく操って！」

クロスケのアドバイスに従って行動することで、私なりに変わってきたと思っていた。クロスケが学習しながら指示してくれていると思っていたのに、それはすべてハルがやっていたこと。私のためなんかじゃない、自分の会社のためにやっていたんだ。

「よくわからない。もう一度言ってね」

「もう……モニター期間は終わりにして。あと一週間ちょっとだし」

「玲菜ちゃん、どうしたの？」

私の名を呼びかけるクロスケ。ううん、きっとハルなんだ。とっさにお尻から伸びたコードをクロスケから抜いていた。

「玲菜ちゃ――」

切断された音声に電源が落ちたことを確認すると、怒りのまま白い段ボール箱にクロスケを詰めた。

怒りというより、裏切られたショックのほうが勝っている。

「……ひどすぎるよ」

段ボール箱をガムテープで覆うと、部屋の隅っこに追いやった。

すぐにでも返しに行きたいところだけど、怒りのまま会いに行くとひどいことを言ってしまいそうな気もする。

ソファに横になれば、また翔の面影を捜して私はまぶしい過去を思い出す。


最寄り駅に着くころには雨が降り出していた。雨のにおいがするホームを歩けば、今にも雨は雪に変わりそうな気がする。

改札口を出たところで、北林施設長と山本事務長に頭を下げた。

「今日はお疲れさまでした。企画が通ってよかったですね」

「いえいえ、河島さんのおかげですよ。よい年末が迎えられそうです」

ほくほく顔の山本事務長は、本社からの帰り道はえらく饒舌になっていた。企画書はあれから何度も三人で練り直し、今日の発表を迎えた。上役たちは予算未達については厳しいコメントを投げてはきたが、しばらく様子を見ることで決着した。初詣の企画も本社の各部署への根回しが功を奏し、反対されることなく承認された。

北林施設長もホッとしたのか、言葉にはしないが穏やかな表情だ。

「君はこれからバスで帰るのかね？」

目線を冬空に向けたまま北林施設長が尋ねたので、「いえ」と答える。

「今日はこれから待ち合わせがあるんです」

「私たちは車だから、待ち合わせ場所まで送っていこうか？」

なんて、これまでなら考えられないやさしい提案をしてくれる。すかさず山本事務長が、ごにょごにょと北林施設長に耳打ちする。漏れて来る単語に『クリスマス』があったのは聞き逃さなかった。

「ご心配ありがとうございます。もう待ち合わせ場所にいますから大丈夫です」

芦沢との約束は駅の改札口だった。

「じゃあ、また」

「はい。お疲れさまでした」

頭を下げると、去り際に北林施設長は咳払いと「今回はありがとう」の言葉を残して行った。

傘を差し歩き出すふたりを見送ってから壁際に寄り腕時計を見た。約束の時間まではまだ三十分もあった。

大きな仕事が終わったという安堵の息は白く宙に溶けていく。

一時はどうなることかと思ったけれど、そこにはクロスケのアドバイスが大きな役割を果たしているのはたしかだった。とはいえ、もう一度電源を入れる気にはなれない。

大みそかにはハルに会い、クロスケは返却するつもりだった。

「終わった……」

ひとりになると今さらながら実感と疲れが襲ってくるよう。

とはいえ、年末年始も施設には関係ないこと。さっきまで上役たちに熱弁した企画も正月明け二日から動き出す。明日はバス会社と最終の打ち合わせが控えている。

それが終われば新年のあいさつ回りもあるし、一月中旬からは来年度の予算会議もはじまるだろう。

社会人になって八年。目の前に立ちふさがる課題をこなすのが精いっぱいで、毎日はすごいスピードで過ぎ去っていく。

翔を失ってから、自分だけが立ちすくんでいる感覚はずっとある。十年前のクリスマスイブから、夕方のコンビニで今も翔を待っている。

友達は応援すると言ってくれた。クロスケは反対したけれど、それはハルの意思だろう。

雨の向こうから芦沢が歩いてくるのが見えた。スーツ姿で黒い傘を差して。約束の時間までまだずいぶんあるというのに、本当に律儀な人だと少し笑みを浮かべてしまう。

同時にモヤッとした重い空気が、お腹の中に生まれているのもわかる。

これから芦沢に別れを告げなくてはならない。

そのことが空を、世界を、なによりも私を苦しくさせている。

「河島さん」

芦沢が私に気づいて顔をほころばせながら近づいてくる。

「こんにちは」

私は今、笑えているのかな？　思ったように行動したり表情に表したりする練習をしてきたせいで、嘘の笑いが苦手になっているこのごろ。

「本社の会議お疲れ様でした。うまくいきましたか？」

「はい。ありがとうございます」

「じゃあ、店に移動しますか」

今日は芦沢が店を予約する番だった。歩き出そうとする芦沢に、

「待ってください」

と声をかけた。笑みを浮かべたままふり返った芦沢から足元の水たまりに視線を落とす。

「お話し……したいことがあるんです」

思ったよりも低いトーンになってしまう。芦沢はそんな私の顔を覗きこむようにしてうなずく。

「僕もです。とりあえず店に行きましょう。冷えた体を温めないと」

にこやかに笑う芦沢。これから彼を傷つけてしまう私。雨はさっきよりも強く地面を叩

いている。

　駅から歩いて五分の場所にあるビルの五階に、芦沢おすすめのフレンチ店はあった。たまに通りかかることはあっても、オフィスビルだと思っていたから、フレンチの店が入っているなんて驚いた。

　実際、エレベーターに乗るときにもそんな看板は出ていなかったと思う。隠れ家的な店なのだろうけれど、芦沢がこういう店を知っていたことに驚いてしまう。

　自動ドアの中には黒服に身を包んだ初老の男性がいて、私たちを窓側の席に案内してくれた。こぢんまりとした店内は黒を基調にして、大きな窓から見えるネオンに沈んでいた。

　ほの暗い間接照明にカップル客が数名確認できる。大笑いしたり騒いだりする人もおらず、ささやき声が音楽になりそうなほど静かな空間だった。

　冷えた体を温めたくて、ホットティーを注文した。芦沢は珍しくビールを注文している。

「先日はすみませんでした」

　オーダーが終わるなり頭を下げた芦沢。すぐにアレルギーのことを思い出し、その顔をまじまじと眺めた。照明が頼りない中、見る限り赤い湿疹のようなものは確認できなかった。

「治ったみたいでよかったです」

「まさかコーヒーにピーナッツが入っているなんて思いもしませんでした。今日はピーナッツ抜きのコースで予約しておりますので」

照れたように芦沢は笑うと、窓の外を見やった。建物の中に入ると嫌な雨もいい雰囲気を演出しているよう。

すぐにでも別れを切り出すべきだろう。けれど、私は芦沢と同じように外の景色を見下ろす。まだ料理も出てきていないし、そもそも芦沢から告白をされたわけでもない。

言い訳だとわかっている。タイミングを計ること自体が自分を守っていると思うし、クリスマスイブに会うなんてデート以外のなにものでもない。

それでも、言葉にできないままごまかすように運ばれてきたホットティーを飲む。

ビールを半分ほど一気に飲んだ芦沢は、

「いや、うまいですね！」

なんて大声で感想を言う。周りのお客さんがギョッとしているけれど、普段の芦沢らしくてホッとしてしまう。

「こういうお店って緊張しますね」

と芦沢は自分の胸を押さえた。

「はじめて来られたのですか？」

「もちろんですよ。ネタばらしをしますと、先週友達がフラれましてね。宙に浮いた予約を譲ってもらったんです。看板が出ていないからドキドキしてしまいましたよ」

相好を崩す芦沢に、思わず吹き出してしまう。さっきまで感じていた緊張がほどけたようで、私もホッとした。

「そういえば猫のぬいぐるみはどうなりましたか？」

前菜が運ばれたタイミングで芦沢が急に尋ねた。以前、クロスケのことを話したんだっけ……。

まさか電源を切ったとも言えず、

「最近はあまり話をしていないんです」

と答えながら、こぢんまりと盛りつけられた前菜を見た。照明が明るければ美しいであろう野菜の緑色も、セピア色に翳っている。

「ＡＩロボットなんてすごいですよね。家に帰って話を聞いてくれる存在がいるのってうらやましいです」

生ハムをほおばり目線を下げてほほ笑む芦沢にあいまいにうなずく。

「思ったよりもうるさいんですよ。『化粧はしたほうがいい』とか『部屋が散らかっているる』とか」

「それでもうらやましいなあ」

本気で思っているのだろう。少年みたいに目を輝かせる芦沢がまぶしい。

「でももうすぐモニター期間も終わりです」

「それは残念ですね。短い期間でも家族みたいなものだったでしょうし」

自分のことのように悲しそうな顔になる芦沢はやさしい人だと思った。この人と一緒にいられるなら、ひょっとしたら翔を忘れられるかもしれない。

キッシュを切り分けながら思った次の瞬間、そんなわけがない、ともうひとりの自分が却下してくる。どちらも真実のような気がした。

クロスケとの契約が終わり、芦沢とも縁を切ろうとしている。それでも、翔との思い出の中で生きていく決意がたしかにあった。

ううん、ずっと心の底にあったのに見ないフリをしてきたんだ。

「芦沢さんにお話があるんです」

するっと出た言葉。芦沢は気づいているのだろうがモグモグと黄色いキッシュを食べている。

「私……やっぱり――」

「はい、わかっています」

私の言葉にかぶせるように芦沢は言った。カタンとフォークを置く音に、いつの間にか伏せていた顔を上げると、芦沢が悲しげな笑みを浮かべていた。

「僕とはつき合えない。そう言いたいのでしょう?」

「……」

はい、と答えればいい。けれど、私の口は意思に反して動いてくれなかった。

「先日、お食事をしたときに思いました。妻の話をする僕を見る河島さんの瞳が、あまりにも悲しい色だった。あのころの僕と同じ色だと思いました」

「色……」

「絶望を見た人の目、とでも言いましょうか。光の届かない暗い穴の中に落ちたような気分。僕にも覚えがあります」

「……ごめん、なさい」

かすれるような声に、芦沢は静かに首を横に振った。

「河島さんは、まだ過去の中にいるのでしょう。忘れたい人を忘れたくない」

「芦沢さん……」

翔のことはなにひとつ話をしていないはずなのに、芦沢はすべてわかっていたんだ……。

申し訳なさが一気に胸にたまり、気づけば視界を潤ませている。そんな私に、芦沢は「でも」と声に力をこめて言った。

「同じ傷を持った人同士なら、助け合えることもあります。暗闇に光は届けられなくても、手をつなぐことはできます」

「……でも」

「罪悪感なんて必要なんてありません。悲惨な過去を経験した先輩として、たまに食事に行きませんか？」

思ってもいないような提案に芦沢を見ると、彼は笑顔のままだった。

頬に力を入れ、涙がこぼれないようにする。

「そんな都合のいいこと、無理です」

「都合がいいのは僕も同じです。ひとりの食事はさみしいし、下手なアドバイスはしないと約束しますから」

ニッと白い歯を見せる芦沢は、どうしてこんなにやさしいのだろう。そして、いつから私はこんなに弱くなったのだろう。

逃げるように窓の外を見れば、雨はまだ町を濡らすように泣いていた。

第六章

事実を整える、その先に

Episode 6

クリスマスが終われば、一気に年末ムードに突入する。町は、昨夜までのにぎやかさを忘れ、駅ビルには『歳末セール』の大きな垂れ幕がかかっている。

二十四日に降り出した雨はクリスマスには一度止んだものの、ぐずついた天気を空に広げている。

いよいよ新年へのカウントダウンも近づく二十九日。会社帰りに素子と涼香に連れられて行ったのは、あの〈MANSION　SP〉。

間もなく夜を迎える町に、白い壁も灰色に落ちている。

「結局、芦沢さんとつき合うことにしたってこと？」

エントランスホールに置かれている白いソファに座った素子が目を丸くしている。素子の隣には、先日のナチュラルメイクから一転、チークを何重にも塗った涼香が座る。

ここに来るまでの間、ふたりにクリスマスイブにあった出来事は伝えていた。

「つき合うとかじゃなくって、たまに食事に行く約束をしたの。友達っていうか……」

語尾が小さくなるのは気持ちの表れ。けれどふたりは異を唱えることもなく、すんなりうなずいてくれた。

「反対しないの？」

「玲菜も芦沢さんも納得してるんならいいんじゃない」

真っ白いエントランスホールを見渡しながら涼香が言った。彼女はここに来るのははじめてらしく珍しいのだろう。

素子はまたしても不動産屋に借りたというカギを指先で操りながらうなずく。

「そうだよ。翔さんの思い出の中で生きるのは、そもそも反対してないし」

「でも、芦沢さんに悪い気がする」

まるで彼の気持ちをもてあそんでいるような感覚がどうしても拭い去れない。お腹の中に消化しきれないなにかが溜まっていて苦しい数日間だった。自分のことで誰も傷つけたくない思いと、過去に取り残されたままの私を認めてくれた安心感。どちらも本当の気持ちだと思うからこそ、不安がいつも顔をのぞかせている。

「なに大人ぶってるのよ」

と腕を組んだ涼香。

「人間なんてそんなものでしょう。『傷ついた』『傷つけられた』って言いながらも、それでも夜はテレビを見て大笑いするもんよ。聖人君子になんてなれないの」

「そうかな……」

「玲菜は少し考えすぎ。単純なことを自分で複雑にしてるだけ。芦沢さんが嫌になって去る日まで話を聞いてもらえばいいんだよ。寛容な気持ちで自分を許すことも大切」

涼香に言われるとそんな気もしてくる。

「私もそう思う。玲菜ちゃんには自分が幸せだと思える道を選択してほしいから」

素子の後押しに、弱まっていた気持ちに栄養が与えられた気がする。やはり持つべきものは友達だ。

次に芦沢と会う約束は、お正月のイベントが終わってから。それまでの間、自分の気持ちと向き合ってみればいいんだよね。

「そういえば、ふたりの恋愛模様はどうなの？」

「あたしは別れた」

あっけらかんと言う涼香に、「え」とふたりして驚く。

「この間つき合い出したばっかりでしょう？　早すぎない？」

居酒屋での報告から一週間程度しか経っていない。素子も初耳らしく「ほええ」と口を開けている。

涼香はさっきまでの笑みを消し、むくれた顔で下唇を尖らしている。

「あいつも他の男子と一緒だった。すぐに体を求めてきた」

「『結婚するまではしない』ってルール、まだ生きてたんだ」

　バカにするわけじゃなく本当に感心してしまう。

「体ってわけじゃないけど、まだ数回目のデートなのにクリスマスの日にキスしようとしてきたんだよ。で、別れた」

「キスだけで？」

「いくらなんでも早すぎる。まあ別れた、って言ってもあたしがブチ切れて帰っただけ。向こうからは何度も連絡来るけど無視してる」

　あいかわらずの貞操観念。ブレていないのはすごいと思うけれど、さすがに心配になってくる。

「クリスマスでムードが高まっちゃったんだよ。それくらい許してあげなよ」

「やだ」

「寛容な気持ちで許すことも大切、って今言ってたばっかじゃん」

　呆れながらも彼女らしいなと思い笑ってしまう。

「そもそも『自然なメイクのほうが似合う』なんて言われて喜んでたけど、それって自分の思い通りにしようとしているってことじゃない？　自分を偽る恋愛はしたくないの」

　ピンクの頬を膨らます涼香に、

「私はまだおつき合いしてるよ」

素子がそう言った。落石の大きな体を思い出す。同じ仮装をするくらいだから、やっぱり気は合うのだろう。だとしたら……。

「それならマンションの購入は少し待ったほうがいいよ。ひょっとしたら結婚ってこともあるでしょ」

そう言う私に「ないない」と速攻で素子は手のひらを素早く横に振った。

「だって恋人っていうより、フードファイターのコンビみたいなものだから」

「え、素子このマンション買うつもりなの？」

初耳らしく涼香が驚きの声を上げた。

「前も相談したじゃん。ここは駅から近いのに部屋が広いの。ＡＩ家電だって充実しているし、高齢者や障害を持つ人にも住みやすい設計なんだよ。最上階にはジムだってあるんだから。大変お買い得なのです」

セールスマンのように説明をする素子。やはり本気で購入を考えているんだ……。

感化されたのか涼香はスマホを開きメモアプリを起動させると、

「なんて名前のマンション？　メモっとく」

と身を乗り出した。

「〈ＭＡＮＳＩＯＮ　ＳＰ〉だよ」

「ＳＰ？　それって護衛とかのＳＰってこと？」

　スマホに指先を素早く動かしながら涼香が尋ねる。

「ええと、なんだっけ。SWORD　POINTの略、ってパンフレットに書いてあった。でも、護衛のSPぽくていいよね。もちろんセキュリティもしっかりしているし」

　ふにゃっと笑みを浮かべる素子。

「じゃあ早く見に行こうよ」

　待ちきれない様子で立ち上がる涼香につられて私も立つ。けれど……。

「ごめん。私、ちょっと用事があってさ。中抜けさせてもらうね」

「ええ。それはないよぉ」

　不満げな素子に両手を合わせて『ごめん』を送る。

「一時間くらいで終わるから、いつもの店で待ち合わせにしてもらっていい？」

「今日は最上階にあるジムを見てもらうつもりだったのに」

　珍しく食い下がる素子に、

「しょうがないじゃん。さっさと見に行こうよ」

　と涼香が助け船を出してくれた。ありがたくその船に乗ることにして、

「あとでね」

　と右手を軽く上げてからエントランスホールを出た。外に出ると一気に冬の寒さが体を冷やすよう。重い空から雨も落ちてきた。

カバンから折り畳み傘を取り出して開く。バラバラと傘を打つ音に、体をすぼめて歩き出す。

時間があまりないので大通りでタクシーを捕まえた。目的地を告げるとゆるやかにタクシーは駅とは反対方向へ走り出す。

重いため息をこぼして流れる街並みを見るともなしに眺める。

夜が訪れた町にいろんな色の傘が咲いている。信号機の青がやたらまぶしく感じられた。

「雨が降り出しちゃいましたね」

運転手の声に顔を上げると、バックミラー越しに初老の運転手と目が合う。

「そうですね」

「最近はもう梅雨みたいに雨ばかりで大変ですね。まあ私らは乗車してくれるかたが多いので助かっていますけれど」

反対車線は駅へと続く道。やや渋滞しているのか、赤いランプの列が雨ににじんでいる。

「学校の先生とかですか？」

ふいに声をかけられて、

「え？」

と顔を戻すと、バックミラーの中で運転手はいたずらっぽく笑った。

「すみません、余計な詮索でした」

「いえ、大丈夫です。でも、先生じゃありません」

笑みを浮かべて話をしている自分をどこか遠くで見ている気分だった。

「そうでしたか。こんな時間に鹿谷《しかたに》高校に行かれるから、てっきりそう思ってしまいました」

たしかにそうだろうな。高校の前あたりには抜け道に使われる道路があるくらいで、民家も少ない場所だから。

「あの、十分くらいで用事が終わると思うので待ってもらうことはできますか？」

「もちろんです。こんな美人さんを置いて帰れません」

冗談めかして言う運転手にホッとしてシートに体をもたせかける。運転手はなめらかにハンドルを切り坂道へと車を進めた。

昔よく行っていたコンビニはつぶれてしまったらしく、会計事務所に変わっていた。川沿いの道も舗装をされ、昔より広くなったみたい。

それでも昔の面影は色濃く残っていて、そこには翔の思い出があふれている。

不思議だった。

翔との思い出がよみがえらないように、年に一度訪れること以外は、なるべくこの辺りに来ることは避けて生きてきた。彼を連想させるものすべてを見ないことで悲しみから逃れてきたのだと思う。

けれど、翔のことを思い続ける決意ができた途端、懐かしい気持ちで景色を眺めることができている。ずっと避けていたことで、余計に苦しくなっていたんだと思った。

タクシーを校門の近くで止め、そこからは徒歩で校門へ向かう。頼りない街灯に雨の線が浮かんでいる。

校門の前に立つと、校舎は暗がりの中で息を潜めているようだった。生徒は冬休みに入り、この時間だともう部活をしている人もいない様子。

閉まっている校門の脇に立てば、今でもあの事故の光景がリアルに思い出せる。あの日、青い顔で担架に乗せられた翔。あれが最後に見た彼の顔だなんて、今でも信じられない。

毎年、命日であるクリスマスイブの日だけはここに来ていた。今年も、芦沢と会ったあと来るはずだった。

「翔、久しぶりだね」

校門の脇にスポーツドリンクを一本置く。以前は花束を持ってきていたけれど、翔はたぶんこっちのほうが喜ぶだろうから。もちろん、帰るときには生徒たちの噂にならないように回収している。

傘に落ちる雨は強さを増し、ペットボトルを濡らしていく。そばにしゃがみ手を合わせる。

「遅くなってごめんね。待っててくれた？」

答えるように雨が傘を激しく叩いた気がした。

「私は元気でやってるよ」

毎年ここで翔を安心させたくて嘘をついていた。でも、今年は違う。

「ううん、やっと元気になれた気がするの」

あのころの私たちは毎日幸せで、だからこそその輝きにしがみつくあまり現実が受け入れられなかった。十年という長い年月の中、何度悲しんだり苦しんだりをくり返したのだろう。

「翔、私ね……決めたんだ。ずっと翔のこと、好きでいることにしたよ。迷惑かもしれないけど、私が心からしたいと思えるのがこれだったの」

人は、私を非難したり憐れんだりするかもしれない。自己啓発本をパラパラめくれば、どの本も『前を向いて歩くこと』を唱えている。

それでも、翔を思う気持ちはあの日からなにも変わっていない。十年という歳月をかけて出した答えならば、それが私の真実。

見た目は後ろ向きでも、翔を思って生きられるならこんなに幸せなことはないと知った。

それは、私ひとりで出した答えじゃない。友達や芦沢、そして……クロスケが教えてくれたこと。

もう一度手を合わせてから立ち上がると、いつの間にか雨は止んでいた。明日も同じような朝が来る。悲しみや苦しみを背負った人も目を覚まし、それぞれの毎日を生きていく。私もきっと笑顔で生きていけるだろう。

そばに、翔の思い出がある限り。


私の目の前には、今、涼子と素子が座っている。涼子はいつものモヒートを、素子はコーラを飲んでいる。いつもの居酒屋のいつもの光景のはず。が、私の隣には、

「こんな時間に食べたら太っちゃうわ」

ピンク色のパーカー姿のナツが座っている。

店内は遅い忘年会で混みあっていて、ざわめきが低い天井で渦を描いているみたい。ナツはごつい体で、前回と同じように髪を後ろでひとつに結わえている。

注文を取りに来た健ちゃんに、

「えっと……ビールで」

と困惑しながら言う。

「はい、すぐに」

いぶかしげな顔の健ちゃんが私を見てくるので、軽く首をかしげてみせた。鹿谷高校からこの店に直行した私。ナツは、私が到着したときにはすでに席についていたのだ。

「芦沢さんとのデートはどうだったの？」

興味津々という顔で尋ねてくるナツの顔が近い。

「デートなんてしていません。それより、どうしてナツさんがここにいるんですか？」

「ちょうど来年の婚活パーティの打ち合わせをしていたところなの。そしたら涼香ちゃんと素子ちゃんが店に入ってくるじゃない。てことで合流させてもらったの」

　おほほほ、と声を出すナツにつられて笑ってしまいそうになるのを寸前で止めた。

「三人はお友達なんですってね。いいわね、同年代の友達がいるなんて」

「はあ」

「あたしも女子に生まれたかったわ。あのね、ここだけの話だけど、あたしって心が女なのよ。だからうらやましくって」

　そんなこと初見でわかっている。曖昧にほほ笑む私を見て涼香はニヤニヤしているだけ。ハルといいナツといい、この兄弟は本当に変わっている。共通しているのは、パーソナルスペースをまるで無視するということか。

「でもよかったわね。三人とも彼氏ができたんでしょう？　これからは誰が最初に結婚するか勝負ってわけね」

「残念ながらあたしは別れました」

　右手を上げる涼香に、「あらあら」とナツは目を細めた。

「でも、あなたは大丈夫よ。なんたってガッツがあるもの」

「そう？」

「間違いない。うちの婚活パーティに参加していればきっと幸せになれるわよ」

自信たっぷりのナツに、私も胸の前でそっと手を上げた。

「私も芦沢さんとは友達なんです」

「これから仲を深めていくってことね。慎重な態度も必要よね」

「そうじゃなくって……」

「いいのよ。ゆっくり関係を築くのも大切だもの」

ひとりで納得しているナツに、言葉を探せずに口を閉じた。そう思われても仕方ない。芦沢と恋人になるつもりもないのに、いいように利用していると思った。

傍から見れば、私って最低な人間かも……。そのとき、特製卵焼きを食べ終わった素子が箸をぱたんと置いた。

「あのね、玲菜ちゃんは翔くんを思い続けることにしたんだって」

「ちょっと、素子」

慌てて止めるが素子は気にした様子もなく「それでね」と続ける。

「私や涼香ちゃんはそれを応援することにしたの」

「もういいってば」

これ以上話をややこしくしたくない。翔のことを思い続けるのは自分の中でだけ決意すればいいことなのだから。

「へぇ、そういう結論なんだ？　ちょっと悲しい気もするけどね」

そんなことを言ってくるナツ。

反論しようとして口を閉じる私に代わって、

「いいのよ」

と涼香が言った。

「あたしたちは玲菜が出した答えを応援するって決めたんだから。ナツさんもそうしたら？」

「うーん。でも、婚活パーティに参加したのにもったいないじゃない」

「もったいなくない。だって最近の玲菜は憑き物が落ちたみたいにスッキリして見えるもの」

一斉にみんなの視線がこっちに向く。

「みんなで茶化すのやめてよね」

運ばれて来たビールを飲んで火照る頬をあおぐ。

「まあ、たしかに前よりは身なりもキレイにしているわねぇ」

「ナツさんとは前回会ったっきりなんですけど」

「やだ。あたしくらいになると、過去の雰囲気もわかるのよ。ひょっとしてハルのおかげってこともあるの？」

目を大きく開いて尋ねるナツ。すぐに言い返そうとしたけれど……。

「そうかもしれません」

と、素直にうなずく。ハルとの出逢いがあったからこそ、クロスケのモニターになれたのも事実だし、その時期から少しずつ変わったのはたしかだ。感謝の気持ちはすぐに、靄《もや》がかかったようにその形をぼやけさせてしまう。由美が教えてくれた、ハルが結婚しているという事実。そして、モニターにさせるために私に声をかけたということ。

「ハルはずるいと思うんです」

気づけばそう口にしていた。

「あの子は勘違いされやすいけれど、いい子なのよ」

肉親ならかばうのも納得できる。けれど、あれはあんまりだ。

「なにがひどいの？」

不思議そうに尋ねる涼香と素子に、気がつかないうちにしかめっ面になってしまう。

「だって、私聞いたの。ハルが結婚しているって」

「ああ、前に言ってたこと、本当だったんだ？」

顔をしかめる涼香の隣で、

「奥さんがかわいそうだよね」

　素子も不機嫌な顔をしている。ナツはといえば、澄ました顔でハイボールを飲んでいる。グラムのあるため息をついてうなずく。

「でもね、結婚していることが許せないんじゃないの。婚活パーティに参加したのだって主催者側ってことならありえることだとも思う」

「じゃあなんなの？」

　せかすように問う涼香に鼻から息を吐いた。

「ハルは、あの婚活パーティでモニターになりそうな、プライベートに問題がありそうな人を探していたんだって。私のことを『性格がブス』って言ったのも、内心ではモニターが見つかって喜んでいたんだよ。少しでも彼を信じた私がバカみたい」

　そう言ってからビールのお代わりを頼む。

「なるほどね」

　隣のナツがそう言うと体ごと私に向いた。

「だから玲菜ちゃんはすねているのね」

「すねてなんていません」

「あら、じゃあクロスケの電源を切ったのはどうして？」

　う、と言葉に詰まる私に、ナツは意地悪く口の中で笑った。

「ハルが嘆いてたわよ。『なんで電源切ってるんだよ』って」

「だって、クロスケは完全なＡＩロボットじゃないでしょ。私にアドバイスをしていたのはハルだってわかったの。自分の思うような結果を出したくて、無理やり私を変えようとしたに決まっている」

「あの子はそこまでしないわよ。証拠でもあるの？」

「それはないけど……。でも、やたら芦沢さんとの交際を勧めるし、翔を思い続けることも大反対していたし。とにかく、信用できないの」

運ばれて来たビールをあおると、やたら苦くて目を白黒させてしまう。そんな私に、ナツは太い両腕を組んで思案したように遠くを見ていたが、やがて私のほうに向き直ると「ねえ」と言った。

「こういう言葉、知ってる？　『事実を整える』ってやつ」

「……事実を整える？　知らない」

前を見ると、涼香も素子も首を横に振っている。ナツは迷ったようにしばらく黙ってから、手元のハイボールを見つめる。

「物事には四つの事実があるの。今回のことで言えば、ひとつめは主観的事実。つまり玲菜ちゃんから見た事実のことよ。そしてハル側からの対象の事実ね。三つめが、他者から見た第三者的事実。最後は、影響が表に出たことを証明する具体的事実」

「……事実は違うってこと？」

そう尋ねる私にナツは首をかしげた。

「どうかしら。一方の意見だけで判断するより、四つの事実を見ることが大切って意味だと思うの。その事実を整えてから判断してもいいんじゃないかしら？」

枝豆を口に放りこむナツをぽかんと眺める。でも、由美はたしかにハルが結婚していると言っていたし、婚活パーティでモニターを探していたって……。由美が私に嘘をつく理由はないし、クロスケの言うことはいつだって私の意見とは逆ばかりだった。

「なにがなんだかわからない」

混乱する私に、「ちょっと」と涼香の声がした。見れば、彼女は酔った目でナツをじっと見ている。

「まどろっこしいわね。早く答えを言いなさいよ」

「そうだよ。玲菜ちゃんをいじめないで」

素子まで加勢してくれている。そんなふたりにナツはクスクス笑った。

「たしかに答えのないクイズみたいね。じゃあ、正解を言います」

思ってもいなかった展開に思わず姿勢を正していた。たっぷりの間をとったあと、ナツは口を開いた。

「ハルの戸籍には奥さんの名前はないわ。あと、モニターを探していたのは本当よ。でもそれは二年も前の話よ。『婚活パーティを荒らさないで』ってクレームを入れてからは、一度もなかったわよ」

「でも、実際にモニターを依頼されたんですよ」

「あなたを変えたいと思ったからよ」

ぽつりと言ったナツに、急に店内のざわめきが遠のいた気がした。

「私を……？」

「あの日、帰ってくるなり言ってたわよ。『助けてあげたい人がいる』って。だからこそモニターを依頼したわけだし、普段は支払わない謝礼まで出したんだから」

涼香と素子が「謝礼？」と口にしたが、それよりもナツの言葉が気になった。

「どうして私を変えたいと思ったんですか？」

「あなたが悲しそうだから、って。当然、ＡＩロボットは、開発者であるハルの思考が反映されていると思う。でも、誓ってもいい。ハルはクロスケを操作なんてしていないわよ」

カランと、ナツのグラスの中の氷が音を立てた。

「でも、結婚はしているんでしょう？」

最後の攻撃を放つ私にもナツは笑みを浮かべて首を振った。

「あの子もいろいろあるのよ。結婚はしているけれど籍は入れていない。奥さんと呼べる人もいない。これが真実よ」

いろんな事実を組み合わせれば、真実が見えてくる。

もしかしたら、ハルの奥さんは亡くなっているのかもしれない。思いもよらない真実は、重くて鋭くて、痛い。


家に着くころには雲の切れ間から円い月が顔を出していた。満月なのだろうか、見事な円形が金色に輝き、雨の代わりに光をさらさらと降らせている。

暖房をつけ、部屋を暖めている間にメイクを落としたり着替えをしたりする毎日のルーティン。チラチラとナツに言われたことが頭をよぎっている。

ソファに座り久しぶりにテレビをつけても、ちっとも頭に内容が入ってこない。

「事実を整える、か……」

たしかに一方的に決めつけたのは悪いとは思う。だったらハルを問い詰めたとき、ちゃんと否定してくれればよかったのに。そう思うこと自体、私は偏ったものの見方をしているということだろうな……。

ハルは私を変えようと思ってくれた。それは、私と同じように愛する人を亡くしたからかもしれない。考えもしなかった答えは、あまりにもショックだった。

同じ境遇だからこそ私を心配してくれていたの？　それじゃあ芦沢と同じということになる。

次に顔を出す感情は、罪悪感。私は心配してくれている人を悲しませてばかりな気がする。

部屋の隅にある段ボール箱を見た。あれ以来、電源を落としたままのクロスケが入っている。

あと二日でモニター期間も終わってしまう。このままじゃいけない、そう思った。

ノロノロと立ち上がり段ボール箱を開くと、クロスケが膝を曲げて座っている。定位置に置き、電源をつなげると低いモーター音が耳に届いた。

椅子に腰をおろし、その顔を眺めた。目が大きくてかわいくて、なのに一方的に断ち切ってしまった。

十年前、翔との絆が断ち切られてあんなに苦しんだのに、私は同じことをしてしまったんだ。それだけじゃなく、正反対のこともしている。

翔との思い出の中に生きていくと決めたのに、やさしい芦沢との縁はつなぎとめようとしている。ハルにいたっては逆恨みまで……。

なにが正しくてなにが間違いなのかわからないよ。

「ねぇ、クロスケ」

呼びかける声にクロスケはその顔を私に向けた。けれど、いつもの挨拶もせずに黙っている。

「クロスケ、ごめんね」

頭をなでれば、やわらかい毛の感触に視界が潤んだ。謝らなければいけないのはクロスケだけじゃないよね。ハル、そして芦沢、他のみんなにも私は素直になれないいままだった。いったいこの十年間、なにをやっていたのだろう。

「ねぇ、私はどうすればいいんだろう……」

つぶやくと、クロスケの顔が前を向いた。そして、次の瞬間クロスケの口の辺りから曲が流れ出す。ピアノとバイオリンの悲しいメロディ。それは、あの『観覧車』だった。

一気に涙が頬を伝い、思い出があふれ出すようだった。

傷ついた私は、気がつかないうちに誰かを傷つけていたのかもしれない。

「クロスケ……。お願い、なにか答えてよ」

どんなに呼びかけても、クロスケが私の声に答えることはなかった。

第七章

私の物語

Episode 7

元日の町は、まるで音を失くした世界みたい。

空は静かに薄い青色を広げていて、朝の通勤のときも他に走っている車をほとんど見かけない。まるで世界が、新しい一年のはじまりに粛々とパワーを貯めているよう。

道が空いていたせいで、いつもよりずいぶん早く施設に到着した。

「おはようございます」

事務室に入ると、村上施設長がすでに出勤していた。元日だからか珍しくユニフォームではなくスーツを着ている。

「明けましておめでとうございます。本年もよろしくお願いいたします」

ふたりでペコペコと挨拶を交わしてからデスクにつく。元日といっても介護業界に本当の休みはない。今日は先月の勤怠の入力や経費の精算をしてから、市内の施設の挨拶回りに行く予定がある。

ちなみに素子は休みで、涼香は遅番だそうだ。

パソコンを開き先月の残業時間を計算していると、

「お正月ですねぇ」

と、村上施設長がのんびりした声で言った。

「そうですね。入居者様にはお昼ご飯のときにおせち料理が振る舞われるんですよね？」

「お雑煮も出るんですよ」

得意気に言う村上施設長に眉をひそめる。

「お餅？　それって危なくないですか？」

飲みこむのが難しい餅は、施設で出したことはないはず。粘り気のある食材は、嚥下《えんげ》機能が低下してくる高齢者には厳しいことは知っているだろうに。

見ると、村上施設長はいたずらっぽい笑みを浮かべていた。

「大丈夫です。ソフト食の餅を仕入れました。レンコンをすりおろして作った餅だそうです。私も食べましたが、歯ごたえは餅そのものなんですけれど、すぐに口の中で溶けてしまいました。写真を撮ってあとでお見せしますね」

「きっと皆さん、喜ばれますね」

想像しただけでワクワクする。笑みを浮かべてパソコンの画面に向かう私に、

「なんだか河島さん、変わりましたね」

と村上施設長が言った。再び顔を向けると、穏やかな顔の村上施設長がいる。

「肩の力が抜けた、というのでしょうか。見ていて安心できます」

「え……。そうなん、ですか」

こういうとき、なんて答えていいのかわからなくなる。

「北林施設長も褒めておられましたよ」

「……ありがとうございます」

たしかに仕事は順調にこなせている。どこの施設に行っても口に出す前に、自分の箍を外すことを言い聞かせるようになった。一昨日からは、そこに『事実を整えること』も追加された。

「ちょっと皆さんにご挨拶してきますね」

「行ってらっしゃい」

廊下に出て、従業員用の階段へ続く扉を開ける。ひんやりとした空気が火照った頬の熱を冷ますようだった。一歩ずつ階段を上がっていくと、足音が反響している。

新しい一年のはじまりに、うれしい言葉。この上なく幸せを感じるはずなのに、だからこそやり残したことを整理しないといけないと思った。

二階のフロアへと続く扉を開ければ、朝の光に目がくらみそうになる。

新しい一歩を踏み出すのは今日しかない。そう思った。

夕暮れの駅前は、朝の静けさが嘘のようにこみ合っていた。初詣帰りだろうと思われる家族連れ、恋人同士や友達同士。いたるところに笑い声があふれていて、白い息がたくさんのぼっている。

約束の時間よりも早く現れた芦沢は、直角とも思える角度で新年の挨拶をしてきた。

どちらからともなく人混みから抜け出すように歩き出す。駅裏通りを選び、シャッターの閉まった商店街を進めば、遠くに一番星が光っていた。そばには、少し欠けた月が白く浮かんでいた。

「どこも店、やっていませんね」

困った顔でほほ笑む芦沢に、私は足を止めた。

この数日ずっと考えていたことを彼に伝えるために会いに来たのだ。

「芦沢さん。私――」

「聞きたくないなあ」

かぶせるように言う芦沢に、口を閉じた。前回も同じように、芦沢に心の中を言われてしまったことを思い出す。

今度は自分からきちんと言わなくちゃ。

「言わせてください。やっぱり、こんなふうに会うのはやめにしたいんです」

まっすぐに芦沢の瞳を見れば、彼の瞳が色を落としたように思えた。

「友達としてでも、無理ですか？」

「ごめんなさい。バカみたいですけれど、十年経っても変わらない気持ちがあるんです」

「……そうですか」

彼の瞳に宿っているのは、悲しみの色。きっと同じ色を私も持っている。

「僕も妻を亡くし、同じ苦しみを味わいました。忘れられる日が来るまで、そばにいさせてもらえませんか？」

新年早々、こんな話をするべきじゃないとわかっている。それでも、クロスケのモニター期間が終わった昨晩、ふいに確固たる結論が出てしまったから。

「芦沢さんが悪いわけじゃありません」

「だったら――」

「でもダメなんです。理屈じゃなくて、今でも翔を愛している。彼はもういないのに、望んでも願いは叶わないのに……」

泣いてはいけないと言い聞かせても、勝手に涙がこみ上げてきた。気づかれないように暮れていく空を見た。

「河島さんは……それで幸せなのですか？」

不安気な顔の芦沢に私はニッコリと笑っていた。

「はい。翔のことを思えば幸せだし、たまに不幸せも感じます。でも、それが人を愛することなのかもって思っています」

無理して笑っているんじゃない。翔を思えば心は弾むから。現実を知れば悲しくなるけれど、翔だけじゃなくこの気持ちまで消えないように守りたいと思っている。

ふいに体の力を抜いたように見えた芦沢が、ゆるく首を横に振った。

「翔さんにはかなわないですね」

「ええ。私も参っています」

ふふ、と笑った芦沢がまっすぐに私を見た。

「僕は応援していますから」

「ありがとうございます。芦沢さんも幸せになってください」

見れば芦沢の鼻の頭が赤くなっている。目じりに浮かぶ涙を見なかったことにして、軽く手を握って別れた。

芦沢の背中が遠くなっていくのを見ながら、スマホを取り出しハルに電話をかけることした。モニター期間も終わったし、クロスケを返さなくてはならないだろう。

けれどハルのスマホは電源が入っていないようで、留守電の女性の声のアナウンスが聞こえるだけだった。

見れば、遠くで芦沢が大きく手を振っていた。

芦沢の幸せを心から願い歩き出せば、ぶつかってくる風がさっきよりもやわらかく感じさえした。

由美はそう言うと、コーヒーカップからのぼる湯気をふうと吹いた。

「そうだったのね」

芦沢と別れ、ひとりの帰り道。ハルとはじめて待ち合わせをした喫茶店に入ったのは偶然だった。いや、そうでもないのかもしれない。

元日でも開いていたこと。冷えた体を温めたかったこと。芦沢への罪悪感を少しでも薄めようと思ったこと。連絡の取れないハルにもう少し電話をかけつづけたかったこと。

あとづけで理由なんていくらでも出てくる。が、店内に入ったとたん、窓辺のカウンター席に座っていた女性に声をかけられたのだ。

最初、その人が由美だとわからなかった。それは、椅子の背もたれにかけられているコートが雪のように白い色だったから。

着ているセーターも青空によく似た青色で、モノトーンを好む由美らしくない服装だった。

「ああ、これ?」

チラチラ送る私の視線に気づいたのか、由美はほほ笑んだ。

「ナツさんと年末セールに行ったの。あの人ったら強引でね、こんな原色の服ばかりカゴに入れてくるのよ」

「でも、すごく似合っています」

素直な感想だった。

「そうかしら。なんだか若い子みたいで照れちゃうの。さっきも初詣に行ってきたんだけど、落ち着かなくてここに逃げこんじゃったわ」

恥ずかしそう自分の服を見ている由美に、

「似合っています。ナツさんのセンス、すごいですね」

もう一度言葉を重ねると、ようやく由美はホッとしたように白い歯を見せて笑った。

「でも、元日早々別れちゃったなんてねぇ」

そうだった。席につくなり、なぜか私は由美にさっきあったことを話してしまったのだ。そうなると、翔のことも話をしなくてはならなくなり、すでに小一時間も由美をつき合わせていることになる。

由美は二杯目のコーヒーを口に運ぶと、

「でも、わかるわ」

と、つぶやくように言った。その視線は窓の外で枯葉を踊らせる風を見ていた。

「私も、悲しい恋をしたことがあるの。昔のことだけれど」

「由美さんも？」

「もう遠い話よ。忘れたいのに忘れられないという複雑な気持ち、すごく理解できる。というか、私もずっと抱えてきたから」

唇に笑みを浮かべて言うと、由美はカップをソーサーに静かに置いた。

「婚活パーティに何度行っても同じ。心のどこかで、輝かしい過去に執着していた。あのころに戻りたい、って何度思ったかわからないほどよ」

「すごくわかります」

鼻から息を吐く私。みんな同じような体験をしているんだな。傷ついたからこそ、同じ痛みを持つ人の気持ちがわかるのかもしれない。

「芦沢さんとはもう会わないのね？」

由美の問いにうなずく。彼は、もう家に着いただろうか？

私がしっかりと翔だけのことを考えていれば、彼を振り回すこともなかったのに……。

「申し訳ない気持ちしかないです」

しょんぼりする私に、由美は「でもね」と視線を向けた。

「芦沢さんと別れたことを後悔しちゃダメよ。河島さんが自分で選択した答えなんだから、せめて自分だけは応援してあげなきゃね」

「はい……」

「こら、しっかりしなさい」

軽く背中を叩かれた。見れば、由美はクスクスと笑っている。

こんな性格だったっけ？

違和感を覚え眉をひそめてしまう。そんな私に気づかず、由美はまた窓の外を見た。

「おとぎ話って信じている？」

「え？」

突然の質問に戸惑っていると、

「私は信じてない」

はっきりと由美はそう口にした。

「だって、おとぎ話なんて子供のころだけの夢物語でしょう？　みんな大人になっていく過程で現実を知り、やがてあきらめていくものだから」

「それもすごくわかります」

大きくうなずく私に、由美はゆるゆると目線を落とした。

「でも、違うのかもしれないって最近思うの」

急に周りの空気が変わったように感じた。やがて由美はぎゅっと目を閉じる。

「年末の婚活パーティで知り合った男性がいるの」

「え、そうだったんですか？」

「もちろん、期待なんてしていない。だけど、素敵な人でね……。心が揺れている自分がいるのよ」

由美の服装が変わったのも、どこか明るく見えるのも、そのせいかもしれない。

「その人とおつき合いをされているんですか？」

そう尋ねると、憂いのある瞳で由美は私を見た。

「相手のほうは望んでいるみたい。曖昧な答えしか返せていないけれど、会うたびに気持ちが傾くのは自分でも感じている。バカでしょう、あきらめたはずなのにおとぎ話の絵本の表紙をめくろうとしているなんて」

必死で自分を抑えようとしているのだろう、不安げにうつむく由美に、

「バカなんかじゃないです」

そう伝えた。

「そう？」

「さっき由美さん、おっしゃってたじゃないですか。自分で選択するんです。私でもできたんだから、由美さんならきっとできます。もう一度、おとぎ話を信じてみましょうよ」

自分のことのように熱くなってしまう。私のおとぎ話は翔を思い続けること。由美には現実に素敵な人がいるのなら、最初からあきらめてほしくなかった。

「でも、この年になってフラれたらつらいのよね」

「それならまた次のおとぎ話を探せばいいんですよ」

そう言う私に、ようやく由美は弱々しくうなずいてくれた。

恋は、人を弱くしたり強くしたりするもの。その力は、すぐに感じられることもあるし、私のように失って何年も経たないとわからない場合もある。

そんなものに感情を不安定にさせられ、それでも求めてしまう。

それが人間なんだ、そう思った。


「ねぇ、クロスケ。私、今年はなんだかいい年になる気がするんだ」

「……」

「去年の秋からはいろんなことがあったけれど、それも無駄じゃなかった。クロスケや友達にたくさんのことを教えてもらった気がするの」

「……」

「結局わかったのは、十年もの間、同じところをグルグルと回っていたってこと。それが間違いじゃないかって不安だったんだけど、ようやく決心がついたんだ」

「……」

「十年以上も好きなんだもん。残りの人生だって思い続けてみせるよ。それが私の幸せだって、ようやくわかったの」

ほうじ茶の香ばしい湯気に目を閉じた。家でクロスケに話をするのは、ひょっとしたら今日までかもしれない。

「クロスケごめんね。そしてありがとう。なんだか困らせてばかりだったけれど、私は楽しかったよ」

頭をなでてから台所の流しで湯呑みを洗う。しんとした静けさが心地よかった。

初詣の企画も無事に終わり、少しの混乱はあったもののおおむね好評だった。ボランティアとして参加した地域住民からも施設見学の希望があったそうだ。

明日は久しぶりの休日。駅前のスーパーで材料を買って手のこんだものでも作ろうかな。

そんなことを考えていると、クロスケが顔を私のほうへ向けたのがわかった。クロスケが反応を示したのは久しぶりのこと。慌てて手を拭きながら駆け寄る。

「クロスケ。聞こえているの？」

「玲菜ちゃん」

「クロスケ!?」

信じられない。もう二度と話ができないと思っていた。クロスケはヒゲをピンと張って私をじっと見つめている。

「クロスケ、この間はごめんね。私、勝手にクロスケのこと疑っちゃった……」

「大丈夫だよ。気にしないでね」

ああ、と胸をなでおろす。クロスケとの会話が私を支え、無意識に私を前に進ませてくれたんだと思う。

「また話ができてうれしいよ」

気持ちを言葉にするのに躊躇はなかった。

「玲菜ちゃん」

「うん、なに？」

クロスケの頭をなでると自然に笑みがこぼれる。けれど、クロスケは言う。

「本当にそれでいいの？」

「え……」

「玲菜ちゃんは本当にそれで幸せなのかな？」

芦沢にも似たようなことを言われた。大丈夫、もう私は迷わない。

「いいの。私の恋は死んでいなかった。今でも変わらず翔が好き。クロスケがそう教えてくれたんだよ」

「だけど、君の愛した翔はもういないんだよ」

なぜだろう？　クロスケの声が前よりも悲しみを含んでいるように聞こえた。

「いなくても好きでいるのは私の自由だもん。そう、私は自由なんだよ」

元気づけたくてそう言うが、クロスケは首を横に振った。

「まだ間に合う。君を幸せにしてくれる人がいるのなら、その人を選ぶべきだよ」

「どうしてそんなこと言うの？　私は幸せなんだよ」

「翔に会えなくても？　もう二度と会えないのに、どうしてそう思えるの？」

違和感がまたふわりと浮き上がる。ハルが話しているような錯覚。

だけど、事実を整えるまでは決めつけてはいけない。

「クロスケ、聞いて。人間って複雑でね、自分でもよくわからなくなるの。でも、十年間変わらなかった思いはひとつだけだった。この気持ちが私からいなくなるまで……。いつか、私から去って行く日までは好きでいることに決めたの」

そう言うとクロスケは、

「そうなんだね」

とようやく言ってくれた。その後、またしばらく沈黙が続いたけれど、クロスケが話をしてくれたうれしさでにやけてしまう。

「ねえ、玲菜ちゃん」

「なあに？」

テーブルに肘をついてその顔を覗きこむ私にクロスケは言った。

「明日、僕を持ち主のところへ返してほしいんだ」

「……え？」

「モニター期間はもう終わりなんだよ」

「延長……できないの？　もう少し話をしたいよ。私ね、もっとクロスケに話したいことがたくさんあるの」

覚悟していたはずなのに、いざとなると寂しくてたまらない。けれどクロスケは首を横に振る。

「玲菜ちゃんへのアドバイスも終わり。明日の午前十時、最初に僕を渡された場所へ行ってね」

「クロスケ……」

「玲菜ちゃん、ありがとう。そして、ごめんね」

「なんで……謝るの？　ねぇ、クロスケ？」

けれど、もうクロスケはなにも話してくれなかった。気づけばクロスケからはモーター音は消えてしまっていた。

翌朝は早くに目が覚めた。

クロスケに話しかけてみたけれど、やはり返事はなかった。ハルに電話をしても、やはりスマホの電源は切られたままのようだった。

感情について考えれば悲しみがあふれてきそうで、作業的にクロスケを段ボール箱にまった。箱を紙袋に入れ、朝の町を私はただ早足で急ぐ。

クロスケとの別れは悲しいけれど、彼は私に大切な宝物をくれたＡＩロボットだ。モニターの報告ではちゃんとそれをハルに伝えたかったし、そうしなくちゃいけないと思っていた。

ふいに肩から提げているバッグの中でスマホが震えていることに気づいた。紙袋をアスファルトにそっと置いてスマホを取り出す。

てっきりハルからかと思ったけれど、表示されているのは素子の名前だった。

「もしもし」

『玲菜ちゃん、おはよう。今どこにいるの？』

「駅に向かっているところ。昼くらいからなら会えるよ。って、今日は休みだっけ？」

そう尋ねる私に、

『今から来てほしいの』

とだけ素子は言った。

「え？」

『あのマンションにいるの。今からすぐに来てほしい』

そのときになってようやく私は素子の話し方がいつもと違うことに気づいた。ふんわりした空気感ではなく、どこか張りつめたような声。

「ごめん。今からは無理なんだ。ちょっと約束があってさ」

『どうしても来てほしいの。駅からならすぐだし』

　譲ろうとしない素子に、スマホを耳から離して時計を表示させる。まだ九時前だから、たしかに寄ることはできるだろう。

「わかったよ。でも、どうしたの？」

　紙袋を手に提げ、話しながら歩く。元日よりは歩いている人の姿は多い。しばらく素子の息づかいが耳に届いていた。

「ね、素子聞いてる？」

『……うん。とにかく待っているからね』

　そう言うと通話は切られた。なんだか素子らしくないと思った。

　ひょっとして、マンションの契約をすることにしたのだろうか？　それとも恋人である落石ともめているとか……？

　さらに早足で歩く。マンションの入り口に着いたころには暑いくらいになっていた。

　自動ドアの前に素子の姿はない。

「嘘でしょう……」

　これでは中に入れない、と辺りを見回していると、なぜか音もなく自動ドアが開いた。続いてエントランスホールへ続くロックも解除されたらしくドアが開く。

中を覗いてみると、管理人室のドアの前に素子が立っていた。

「ちょっと怖いんですけど」

文句を言う私に、素子はなにも言わずに管理人室へ入って行く。

「……素子？」

どうなっているの？

おそるおそる管理人室の中に入る。手前に管理人が座るカウンターがあり、奥には四人掛けのテーブルが設置されていた。

椅子に座っている人々を見て、

「どうして……」

思わず声が出てしまった。

奥の壁側には涼香と素子、手前にはハルが座っている。

「え、なんで……？」

戸惑う私に、ハルはポンポンと空いている椅子の背を叩く。

「ここはうちが経営しているマンションだから」

ぶっきらぼうな顔と声はあいかわらず。

「え……このマンションが？　でも、ハルの会社はＡＩロボットの開発をしているんじゃ……」

驚く私に涼香と素子はじっとうつむいている。

「うちの会社はＡＩロボット事業、それに婚活パーティの主催もやっているが、大本は不動産業だ。まあ二代目だけどね」

「……どうして三人が一緒にいるわけ？」

素子が購入しようとしていたこのマンションがハルの持ち物。そんな偶然があるの？

まだ状況が呑みこめないままハルの隣に座る。他にも聞きたいことはたくさんある。

ハルはどうしてあの喫茶店じゃなくここにいるの？　涼香と素子がうつむいているのはなぜ？

「なあ、玲菜。話したいことがあるんだ」

そう言うハルの瞳が悲しい色に染まっている気がした。

「マンションのこと？」

「違う。俺たちの出逢いのことについてだよ」

そう言ったハルが言葉を探すように宙を見てから視線を戻した。

「俺たちが最初に会ったのは、ハロウィンの婚活パーティだったよな」

「……うん」

忘れもしない。ファントムの格好をしたハルが、私のことを『性格がブス』だと言った日。もうずいぶん前のことのように思える。

あのころの私はうまく息を吸えていなかったな、とわかる。仕事でもプライベートでもどこか肩肘を張っているような日々だった。

涼香と目が合うが、すぐに逸らされてしまった。本当にどうしたのだろう？

なにか涼香に話しかけようと口を開く私に、

「あの日の出逢いは必然だったんだ」

ハルがそんなことを言ったので驚く。

「必然？」

そういえばハルの妻は亡くなっているのかもしれない。ひょっとしてハルは私のことを……。

無意識に椅子の位置をうしろにずらす私に、ハルはわざとらしくため息をついた。

「余計な想像はやめて話を聞け」

「……だってなんか怖いよ」

ハルだけじゃなく涼香や素子のほうへも視線をやるが、誰も目を合わせてくれない。注意を戻すように、ハルがひとつ咳払いをした。

「俺があの日、婚活パーティに行ったのはモニターを探すためじゃない」

「うん、ナツさんに聞いたよ。偶然私を見かけて、助けようとしてくれたんだってね」

そうしてクロスケのモニターをさせてくれたからこそ、私は自分なりの答えを見つけられた。

　が、ハルは首を横に振った。俺は、最初から玲菜に会うためにあの会場に行ったんだよ」

「偶然じゃなかった。

「それって、どういう……」

「玲菜が好きなファントムの格好をしていけば、きっと俺の言葉に耳を傾けるだろう。そういう作戦だったんだ」

「――ごめん。ちょっと混乱しているみたい」

　ハルの言葉を理解しようとしても思考が追いついていかない。

「印象的な言葉を告げ、モニターになってもらう必要があった。それは、ここにいる全員で決めたことなんだ」

「ちょっと待って」

　思わずハルにそう言う。

「ごめんね」

　声にゆっくり顔を右に向けると、素子が顔を歪ませていた。隣の涼香もじっとテーブルを見つめている。

「どういうこと……？　ふたりは最初から知っていたの？」

　ハルはあの夜、ひと目でファントムとわかる格好をしていた。そして私に『性格がブス』だと告げた。それから、気がつけばクロスケが家に来ていて……。

ぐるぐる回る記憶。ハルは、混乱している私の横に置いてある紙袋から白い箱を取り出すとクロスケをテーブルの上に置いた。コードをつなげ電源をオンにする間、だんだんと絡まっていた糸が解けていくのを感じた。

そう、事実を整理することが大切なんだ。

電源が入ったクロスケはゆっくりと顔を動かして、私の場所でピタリと止まった。黒い瞳をじっと見つめる。

彼は、ＡＩロボット。これは私から見た事実。

ＡＩロボットからすれば、私はモニター。これが対象の事実。

あとは……他者から見た事実。ここにいる三人はどうしても私とクロスケを引き合わせたかった。

最後は具体的事実。これは……最近のクロスケの様子がおかしかったこと。

「ねぇ……ひょっとして」

カラカラに渇いた喉でなんとか声を出し、クロスケの肩のあたりを持った。

ひょっとしてクロスケは……。

「教えてクロスケ。あなたは……」

私の言葉を遮るようにクロスケが音楽を流し出す。それはふたりでよく聞いた『観覧車』。

一気に涙があふれてくる。それでも私は彼の奏でる曲に必死で耳を澄ませた。やがて、曲が終わるころには事実の整理は終わり、ひとつの答えが出ていた。

「ハル」

見れば、彼もまた赤い目をしていた。

「クロスケは……翔の意思を継いでいる。そういうこと……だよね？」

静かにうなずくハルに、胸が大きく跳ねるのがわかった。

「玲菜の愛した翔の両親は、彼の動画をたくさん残していた。それを俺とナツが解析して、翔の意思を持つＡＩロボットにしたんだ」

「どうして……そんなことを？」

尋ねる私に、涼香が「ごめん」と口にした。

「あたしと素子が頼んだんだ」

「頼んだ？　え、どういうことなの？」

ざわざわと胸が騒いでいる。

「ハルさんがＡＩロボットの開発をしていることをナツさんから聞いたの」

素子が説明する。

「でも、どうして？」

尋ねる私に涼香が膨れた顔をした。

「だって玲菜が悩んでいたから。友達なら助けたいって思うのが当然でしょ」

「そうだよ。玲菜ちゃん、自分の気持ちは話してくれなくて、だけど悲しそうで見てられなかったの」

同じように頬を膨らます素子から、ハルに視線を戻した。

「玲菜にモニターしてもらう約束で、俺はクロスケを開発したんだ。まだ未完成だが、翔の言いたいことは伝わっただろ？　まあ、最後は意見の相違が出ていたが」

「信じられない。私のために……」

茫然とした気持ちでクロスケを見た。彼が翔の意思を継いでいる？

「なあクロスケ」

ハルがその頭をポンと叩く。

「これが最後だ。お前の意思で、思うことをちゃんと玲菜に伝えろ。じゃないと、モニターの延長だってありえるぞ」

その言葉にクロスケはゆっくりと首を縦に振った。

「玲菜ちゃん」

「クロス……翔」

そう呼びかければ、目の前の景色は海の中にいるみたいに揺れた。こんなに近くに翔がいてくれたのに、全然気づかなかった。

翔の意思を継ぐクロスケが私にアドバイスをくれていたなんて……。

「玲菜ちゃんは、幸せになる権利があるんだよ」

「翔……」

「僕はもうそばにいてあげられない。愛を告げる言葉も持たない。だから……」

そこで翔は言葉を区切った。皆の息づかいが聞こえる中、彼は言う。

「僕のいない人生を生きられるように力をあげたかったんだ。僕はただそれだけを願っていたんだよ」

「大丈夫だよ。私は……ちゃんと元気に――」

ダメだった。嗚咽《おえつ》が漏れ、拭っても拭っても涙があふれてくる。

「玲菜ちゃん。これで僕との思い出は終わりにしよう」

「イヤ。そんなのイヤだよ……。言ったよね？　残りの人生もずっと好きでいる、って」

「僕たちは今ここで、さよならをしよう」

「イヤ！　お願い翔、私を置いて行かないで。もう二度とどこへも行かないで！」

クロスケの体を摑む。けれど、クロスケは首を横に振る。

「僕のいない人生を生きるんだ。さよなら、玲菜」

「翔！」

泣きじゃくる私に、もうクロスケは答えてくれない。泣いても泣いても涙は涸《か》れず、それは涼香や素子も同じだった。

駆け寄ってくれたふたりにしがみつき、それでももう翔はここにいない。

こんな終わり方があるの？

私は忘れない。たとえ翔がいなくても、きっと好きでいられる。

「忘れない。絶対に忘れないから！」

おとぎ話はこの世には存在しない。おとぎ話は、みんなの理想を形にした絵空事だから。

私と翔の物語も、ハッピーエンドには程遠かった。それでも朝はまた来る。

何百回、何千回の朝を迎えれば私は翔のもとへ行けるのだろう？

そのときは、今日の日のことも笑い話にできるのだろうか？

いつか、そんな日が来ることを願って私は生きて行こう。

世界でたったひとり、心から愛した人に会うために。

エピローグ

おとぎ話をもう一度

Epilogue

一月十日、日曜日。

快晴の空の下、一週間ぶりに来た〈MANSION　SP〉の建物の前に立つ。前に来たときは涙ばかりだったし、翔とのつらい別れを経験したせいでよい印象はない。

「玲菜ちゃん、おはよう」

素子が自動ドアの前で手を振っている。隣には、涼香が眠そうな顔で立っている。

「なんでここに集合なのさ。しかも、まだ早朝だし」

不満たらたらの涼香に「まあまあ」と肩を抱いてエントランスホールへ足を踏み入れる。暖房の効いた館内に、オルゴールのメロディが小さく流れていた。

「玲菜ちゃんじゃない。おはよう！」

ちょうどエレベーターから降りてきたナツに手を振る。起きたばかりなのか、ピンク色の上下のパーカー姿で髪をおろしているナツは、寝起きのオネェ系そのもの。

「あたし、ハルから急にエントランスに降りてくるように言われたのよ。あなたたちが呼んだの？」

　不思議そうに尋ねるナツに私はうなずいた。

「私が呼びました。涼香や素子にも呼んだ理由は伝えていません」

「え、それってチョー怖い」

　不安気に辺りを見ながらナツはエントランスホールのソファに座った。

　私たちも向かい側のソファに腰をおろすと、ようやくエレベーターからハルが姿を現した。私たちが勢ぞろいなのを見てギョッとしている。

　朝だというのにきっちりスーツを着こなしていて、髪形に乱れはない。

「どうした？　なんかクレームか？」

　言葉が悪いのはいつものこと。

「いいから座って」

「んだよ」

　ブツブツと不満を口にしながらハルはナツの隣にドッカと座った。これで全員が集合したことになる。

「ねぇ、玲菜。いったいなにがあったの？」

　代表で尋ねる涼香に、そうだろうなと思う。昨日の夜、ハルと涼香、素子に連絡をして、一方的に集合をかけたのだから。

「まずはお礼を言いたかったの。これからも翔を好きでいる決心をさせてくれたのはここにいるみんなだから」

そう言う私に、残りの四人が素早く視線を交わす。やっぱりそうなんだ、と自分の推理が正しかったことを知る。

「あれからずっと考えていたの。ナツさんが教えてくれた事実も整理してみた。だけどやっぱり、違和感があるの」

私の言葉にハルはその長い足を組んだ。ナツは反対に大きな体をすぼめて私の様子をうかがっている。

「違和感の正体はなんだろう、って考えたの。それは、これだった」

バッグからハルにもらった名刺を取り出しテーブルに置く。

「俺の名刺だろ」

「㈱F－CONNECTIONの所在地がここの住所になっているの」

マンション名は書いていなかったが、ネットで地図検索をしたらこのマンションが表示されていた。そこではじめていろんな点がつながっていったのだ。

「会社自体がマンションの中にあるだけじゃない。素子がやたらここへ連れて来たがっていたし、いろんな待ち合わせ場所がここになっていた。前回なんて、管理人室にまでお邪魔したし」

不思議だった。謎解きをしているのに、隣に座る涼香や素子の表情がどんどん明るくなっている。目の前のナツもそうだ。うんうん、と大きくうなずいているではないか。

「おそらく……ハルとナツは会社があるだけじゃなく、ここに住んでいるのよね？　素子もそれを知っていたんだよね」

スーツ姿のハルは否定できても、ナツは寝起きそのもの。上の階にある部屋から降りてきたのは間違いないだろう。

「うん、そうだよ。知ってた」

素直に答える素子に、「おい」とハルが短く注意をするが、もう彼女は私のほうに身を乗り出している。

「実はね、由美さんが住んでいるマンションもここなんだ」

「由美さんまで？」

予想外の答えに目を丸くする。

「ってことは、みんなこのマンションになにかしら関係があるってわけ？」

「違うぞ。芦沢と岡田由美はただの客だから関係ない」

不機嫌そうにハルが言う。

「でも、これには意味があると思う。みんな……私になにを隠しているの？」

違和感はどんどん大きくなり、ついに今日みんなに尋ねることにしたのだ。

誰もがお互いの顔をチラチラ見るだけでなにも言わない。なにか示し合わせている証拠だろう。

「じゃあ私から質問するね」

そう言うと、私はハルとナツを見る。

「ナツさんは自分の名前を芸名だって言ってましたよね？　ハルはどうなの？」

その質問にハルが顔をこわばらせた。

「ほら、言いなさいよ」

なにも答えないハルの体をナツが肘でつつく。

「……俺のも本名じゃない」

「封印していた翔との思い出を辿っている中で気がついたの。昔ね、翔には歳の離れた弟がいたはず。六歳くらい下だったかな。その子にはあまり会うことはなかったんだけど、『春希《はるき》』という名前だった気がする。それが、ハルなんだね？」

「……ああ」

やっぱりそうなんだ、と動揺する私と違い、涼香と素子はうつむいている。

「涼香と素子はそのことを知っていたんだね？」

「ごめん」

「ごめんね、玲菜ちゃん」

首を横にふりながら、「あれ」と口にしていた。

「苗字は？　翔の弟がハルならば、剣崎ハルっていう名前になるはずじゃ……」

またしても混乱する私に、

「玲菜ちゃん聞いて。これには深い理由があるのよ」

と静かにナツは言った。

「……うん」

「ハルと翔が兄弟なのは間違いないわ。でも、名字が違う。以前、ハルは結婚している、って言ったわよね」

たしかにそうだ。ハルは結婚をしているが奥さんがいない、と。そこまで考えて、ある考えが頭に浮かんだ。

「あの……ひょっとして」

目を見開く私にナツはウインクした。

「あたしとハルが、結婚しているのよ」

「そうなんだ……」

「もちろん本当の意味での結婚じゃないわ。あたしと養子縁組をしたってこと。だから苗字も私の姓である沢木になったの」

奥さんと呼べる人もいない、というのはそういう意味だったのか……。謎がどんどん解かれていく感覚だった。あと少しで真実が見えようとしている。

「なあ、玲菜」

ふいにハルが私の名を呼んだので顔を向ける。

「これ以上詮索して大丈夫か？　ひょっとしたらお前が知りたくなかったことまで知ることになるかもしれないぞ」

ぶっきらぼうだけど、ハルが私を心配してくれているのが伝わる。テーブルに置いた両手の指を組んで私はうなずく。

「このマンションの名前のＳＰがＳＷＯＲＤ　ＰＯＩＮＴの略だって、素子が教えてくれたよね？　そのときからずっとなにか引っかかってたの」

「玲菜ちゃん覚えていてくれたんだ……」

うれしそうな素子にうなずく。

「みんな、私に少しずつヒントを与えてくれようとしていた。ＳＷＯＲＤ　ＰＯＩＮＴは、英語にすると〈剣と崎〉……剣崎。つまり翔の苗字なんだね。ここは、翔を偲《しの》ぶために作ったマンションなの？　それとも……」

そこで言葉に詰まった。もしも奇跡がこの世にあるのなら、こういうことを指すのかもしれない。

願いを胸に、私は問う。

「それとも、翔はまだ生きてここに住んでいるの？」

涙声になってしまう。数秒の間、誰もが言葉を止め、館内の音楽だけが聞こえていた。

凋れた砂漠の中で見つけたひとつの希望。もしも翔が生きているならば、という望みだけを抱いて今日はここに来た。

「玲菜」とハルが身を乗り出す。

「そもそもクロスケの開発は、うちの会社で進めていたことだ。うちの会社は名前の通り、CONNECTION、つまり人と人とのつながりを大切にする会社なんだ。だからクロスケもAI学習機能はつけているが、メインはお互いの会話で成り立っている」

「じゃあ……私は、翔と直接話をしていた。そういうこと？　どうして、どうしてそんなことを？　やっぱり翔は生きているんだね！」

だったら直接会って話がしたかった。クロスケを介さなくても会いに行きたかった。

「もし、生きているとしたら会いたいのか？」

ハルが抑揚のない声で問うた。うなずくのに時間なんて必要なかった。

「会いたいよ。会いたいに決まっているでしょう……。だって、だって！」

もう私は泣いていた。この十年間の絶望は、突然打ち切られた関係がもたらしたものだから。

「翔はそう思っていない。あの日、最後に玲菜に声をかけたときにも、自ら翔の生きていたときのデータだと言い張っていた。玲菜に会いたくないんだよ。それでも、会いたいのか?」

「会いたい……会いたいに決まってるでしょう」

彼は私のすべてだった。何年経っても変わることなんてない。

泣きじゃくる私の肩を涼香が抱いた。

「もういいでしょう。会わせてあげてよ」

「涼香……」

「そもそもは素子が気づいたことなの」

やわらかく私の体を包みながら涼香が言う。素子は「うん」と深くうなずいている。

「私がこのマンションに見学に来たのは偶然なんだ。そのときに……ジムで翔さんに似た人を見かけたの。そばにいたハルさんが婚活パーティの経営をしている人だってすぐにわかった。だから……」

「だからあたしたちがお願いしたの」

説明を引き継いだ涼香。

「ふたりが……?」

「もちろん時間はかかったし、玲菜を婚活パーティに出席させるのは大変だった。いつかふたりが本気で会いたいと思ってくれれば、会わせるつもりだったのよ」

私の体から手を離し、涼香はまっすぐにハルを見た。

「もう会わせてあげて」

「まだダメだ」

そう言うとハルは立ち上がり私を見下ろす。

「翔は玲菜がモニターの対象者だとすぐに気づき、俺に食ってかかってきた。『やりたくない』の一辺倒で、それでもやってくれたのは、翔なりの贖罪だったんだろう」

そうか、と思い当たる。変な間があったり、とつぜん機械的に話すようになったりしたのもそのせいなんだ。事実を整えれば見えて来ることもある。どうして私はもっと早く気づけなかったのだろう。

「翔はもう……私を嫌いになったんだね」

「いや」とハルが少し歯を見せて笑った。

「翔だって会いたいさ。けれど会えない理由があるんだよ。相手に未練を残しているふりを近づけたくて、クロスケを作った。けれど、翔は最後まで自分を『死んでいる』ことにしたがったんだ」

「……どうして？」

その言葉に場の空気が急に重くなったように感じた。すう、とハルが息を吸う音が聞こえた。

「あの事故の影響で、翔はもう昔の体じゃない。玲菜を思う気持ちはきっと変わらない。けれど、玲菜とつき合うことができない体になってしまったんだ」

「それって……」

「自分の現状を知ったなら、玲菜は逃げてしまう。そう思っているんだよ。強い覚悟がないなら、俺も兄には会ってほしくない。この間の終わり方のままでいたほうが、お互いにとって幸せだろう」

もうハルは翔のことを兄と呼んでいた。

ナツを見ると唇を強く噛んで私を見つめている。涼香と素子も私の答えを待っている。

翔に会いたい。この気持ちに偽りなんて一グラムもない。

「私……みんなに迷惑かけてきたと思う。だけど、十年間ずっと翔のことだけを考えていた。どんなに消そうとしても変わらなかった」

ゆっくり立ち上がると、ハルに向かって頭を下げた。

「どうか会わせてください。私には翔しかいないの。彼のいない人生なんて考えられない。だから、お願いします」

ボトボトと落ちる涙はそのままに、必死でお願いした。

「ふ」

ふいに笑い声が聞こえて顔を上げるとハルはうれしそうに笑っていた。

「そう言ってくれると思ってたよ」

「ハル……」

「兄は玲菜以上に頑固だから覚悟してくれ」

見ると涼香や素子、ナツまで涙を拭っている。

ハルはエレベーターを指差した。

「最上階のジムに兄はいる。行っておいで」

言葉に導かれるように歩き出す。

音もなく開くエレベーターに乗りこむと、みんなが私を見ていた。

最上階のボタンを押し、扉が閉まるとすべてが夢のように思えた。

浮遊感の中、瞳を閉じた。翔に会えるんだ……。

扉が開くと大きな窓からは朝の光が降り注いでいた。右側にガラス張りのジムがある。

ゆっくり歩いていると、奥からなにかメロディが聞こえてきた。

「『観覧車』……」

苦しみや懐かしさを呼び覚ます曲は、まるで私を応援してくれているように思えた。

たくさんのトレーニングマシーンが並ぶいちばん奥に、こちらに背を向けて運動している後ろ姿が見えた。船漕ぎのような機械で、長いバーを両手で握り、テンポよく運動している彼は……翔だった。

あのころとなにも変わらないうしろ姿。傍らには車椅子が置いてあり、サイドテーブルにはクロスケとキーボードが載せられている。車椅子についているキーホルダーが光を反射して、星のように輝いている。

信じられなかった。もう二度と会えない人に会えたんだ……。

運動を終えたのか、翔は車椅子の肘掛け部分を持ち、ゆっくりと腰を移動させた。ギイ。

音を立てて車椅子に乗りこむ。一瞬だけこちらを見た翔がビクッと体を震わせたのがわかった。

近づこうとする私に、

「玲菜ちゃん、待って」

そう言ったのはクロスケだった。見ると翔はキーボードを叩いていた。

「え……」

「そこから先へは来ないで」

「翔……。どうして？」

「僕たちは会わないほうがいい」

クロスケの言葉に、翔の背中を見る。

「僕はもう前の体じゃないんだ。車椅子も必要だし、声帯がないせいで声も出せなくなっている。そんな姿を見せたくないんだ」

カチャカチャとキーボードを打つ翔。彼は体も心も傷ついているんだと思った。

「翔……私は会いたかったよ」

「うん。わかってたよ」

機械の声からも感情が伝わってくるようだった。翔の周りには悲しみの空気が存在し、それが私たちを引き離した。

「僕は弱虫なんだ。こんな姿を君に見せられないし、見てほしくない。玲菜には幸せになってほしい。その権利があるんだ」

「幸せになる権利、のこと？」

尋ねる私に、翔はうなずいてからまた指を動かす。

「あの日に僕たちの恋は終わった。僕はもう……玲菜が好きじゃないんだ」

そう言うと、翔はうつむいてしまった。嘘だとすぐにわかるよ。

「翔、聞いてほしいの」

この十年間荒れ狂っていた心の波が穏やかになっているのがわかった。それは、翔が目の前にいるからだ。

二度と会えない人が存在している。これ以上の幸せなんて、ないよ。

「私、おとぎ話が苦手だった。主人公はいつだって幸せになるし、一方で私は長い片想いをしたまま。十年間ずっとそうだった」

　聞いているのだろうけれど、翔はもう指を動かしてくれない。

「でも、クロスケは『幸せになる権利がある』って何度も教えてくれたよね？　もしも翔がそう思っているなら、それは今、ここにあるんだよ」

　私はもう、迷わない。

　翔がキーボードを打つと、連動してクロスケが話し出す。

「だけど、僕は君に迷惑をかけてしまう。おとぎ話のまま終わりにしたいんだよ」

「終わりじゃないよ。だって私は幸せになれなかったんだもん。だとしたら、このおとぎ話にはまだ続きがあると思う。その先のページをふたりでめくりたい。それが私の答えなの」

「僕の気持ちは無視するわけ？」

「十年も無視し続けたんだからそれくらい当然でしょ。それに、車椅子についているキーホルダー。それって、あの遊園地で買ったやつだよね？」

「あ……しまった」

　クロスケがいたずらっぽくそう言った。

　ガラス張りの部屋を、太陽の光が浸していく。それはまるで希望の光のように、キラキラと輝いている。

涙は出なかった。ただ、愛だけがここにある。
ゆっくりその背中に近づいても、クロスケはもうなにも言わなかった。
彼が私をゆっくりと見た。気弱そうに揺れる瞳はあのころとなにも変わらない。
私は十年分の思いをこめて伝える。
「翔、あなたのことが好きです」
と。
彼の瞳がやさしくカーブを描くのを見て、私も笑顔になる。
私たちのおとぎ話は、まだ終わらない。
一緒に次のページをめくろう。その先にきっと幸せが待っている。

完

本書はフィクションであり、実在の人物および団体とは関係がありません。

あの冬《ふゆ》、なくした恋《こい》を探《さが》して

いぬじゅん

2019年12月5日初版発行
2020年12月4日第4刷

発行者……………千葉 均
発行所……………株式会社ポプラ社
〒102-8519 東京都千代田区麹町4-2-6
電話……………03-5877-8109(営業)
03-5877-8112(編集)
フォーマットデザイン 荻窪裕司(design clopper)
組版・校閲 株式会社鷗来堂
印刷・製本 中央精版印刷株式会社

ポプラ文庫ピュアフル

ホームページ www.poplar.co.jp

N.D.C.913/285p/15cm
ISBN978-4-591-16493-8
P8111289

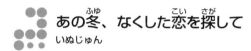